KB170101

FREAK

Story 신진우 × 홍순식 Art

FREAK

차례

방이 있어야만 악령이 출몰하는 것은 아니다.

집이 있어야만 하는 것도 아니다.

어떤 물리적 공간도 머릿속 미로만은 못할 테니

에밀리 디킨슨

FREAK
Episode 6. Elite Serenade

띠띠띠띠

띠리리
덜컹

끼익
여보,
나 왔어.

응…!?

!!

흑…
흑…
흐윽…

준, 준혁아…

네가 엄마를…!?

으아아아아~!!

주, 준혁아…!

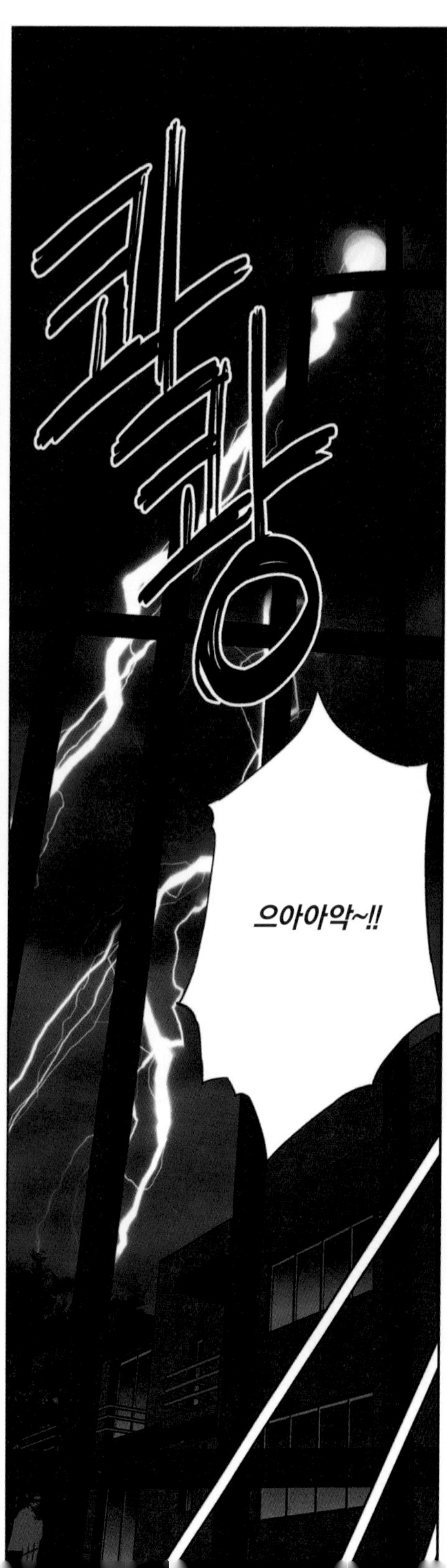
콰광
으아아악~!!

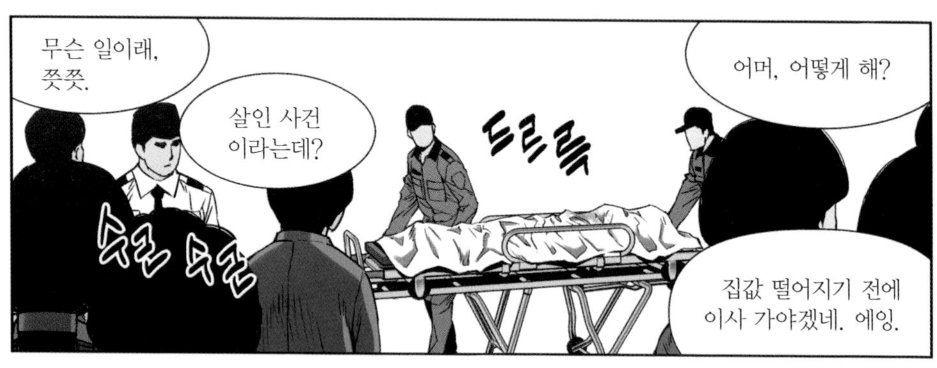
무슨 일이래,
쯧쯧.
살인 사건
이라는데?
수군 수군
드르륵
어머, 어떻게 해?
집값 떨어지기 전에
이사 가야겠네. 에잉.

찰칵
과학수사
POLICE
과학수사
POLICE
과학수사
POLICE

고생들 많으십니다.

어서 오세요, 반장님.
나오셨습니까, 반장님.

어떻게 된 거야?
아들이 친어머니를 흉기로 찔러 살해했답니다.

피해자 남편 진술에 의하면, 밤 12시 넘어서 귀가했는데
거실에서 아내를 살해한 큰아들 박준혁이 흉기를 들고 서 있더랍니다.

그리고 남편, 즉 자신의 아버지를 보자마자 또 흉기를 휘둘렀고요.

두 사람이 격투를 벌이는 장면을 목격한 이웃의 신고로 용의자는 현장에서 검거됐습니다.

부상 입은 남편은 병원 치료 중이고요.
용의자는?
김 형사랑 덕우가 본청으로 데리고 갔습니다. 지금쯤 조서 꾸미고 있을 겁니다.
찰칵

강력 1반
자살하러 산에 올라간 분이 왜 산불을 냈어요?

추워서요…

아니… 죽을 각오까지 하신 양반이 춥다고 산에 불을 질러요?
불을 고의로 지른 게 아니고예, 추워서 낙엽 태우다가 그런 건데 어쩌라는 겁니까?

마, 한 번만 봐주이소. 형사님.

끼익
덜컹
송 형사님, 안녕하세요.

아, 서연 씨. 안녕하세요.
아따 미스코리아여?

김준 선배는 어디 갔어요?
취조실이요. 지금 용의자 조사 중일 겁니다.

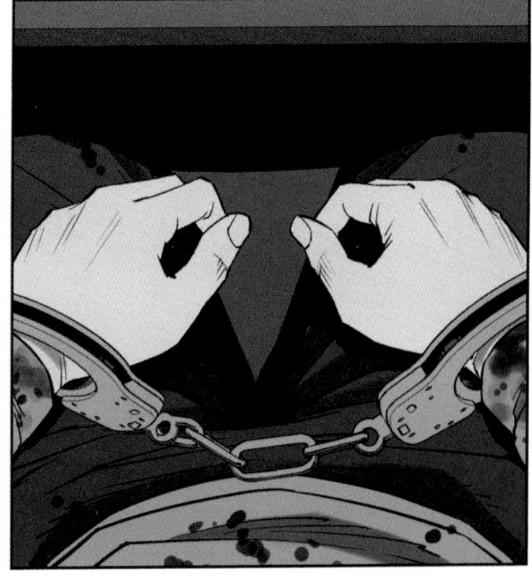

재 인생 완전히
종 쳤네요.
?

뉴스에 실명과
얼굴 공개된 후에
가족들 신상까지
싹 털렸어요.

이름 박준혁, 22세. 현재 4수생.
00대학병원 심장 전문의로 유명한
박명환 씨가 아버지네요.
고3짜리 남동생이 하나 있고요.
동생 이름은 박준성.

살해하고 부친에게 중상 입힌 흉악범 얼굴 공개!

크기 + − 스크랩 신고 인쇄 39 9 보내기

모친을 잔인하게 살해한 패륜아 박준혁(22)의 얼굴을 공개합니다. A일보는 국민의 알 권리와 범죄 예방 등 공익을 위해 사안에 따라 얼굴을 공개하기로 한 내부 실명 공개 규정에 의거 박씨의 실명과 얼굴을 공개합니다.

헐, 내 얼굴도
매스컴 탔네?
대박~

그래도 얼굴과 실명이 공개되면 어느 정도 범죄 예방 효과는 있지 않나요?
글쎄요. 연쇄살인범 강호X의 신상이 공개됐다고 해서 오석철과 김길O 사건이 예방되진 않았죠.

오히려 무고한 시민의 사진을 '나주 어린이 성폭행범'이라며 오보한 모 일간지 경우처럼,
피해 입은 분 명예회복에 최선을 다하겠습니다
[바로잡습니다]
OO日報
병든 사회가 아이를 범했다
언론이 범죄자를 '사회적'으로 응징하겠다는 식의 선정적인 범죄 보도 행태가 과연 올바른 것인지 논란이 되고 있어요.

언론은 그 범죄가 왜 일어났는지 심층적인 분석을 통해 사회적 맥락을 짚고 그 구조적 문제와 갈등을 풀어가는 역할을 해야 하는데,

우리나라 언론의 경우, 사건의 자극적인 상황 전달을 통해 마녀사냥만 되풀이하지 않나 싶어요.
그린 라이트???

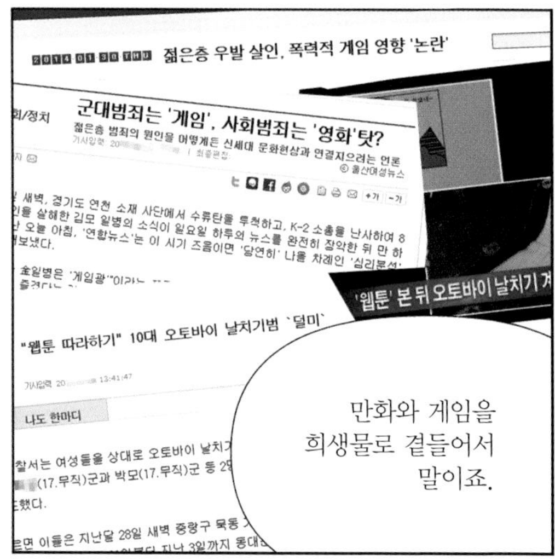
젊은층 우발 살인, 폭력적 게임 영향 '논란'
군대범죄는 '게임', 사회범죄는 '영화'탓?
젊은층 범죄의 원인을 어떻게든 신세대 문화현상과 연결지으려는 언론
'웹툰' 본 뒤 오토바이 날치기
"웹툰 따라하기" 10대 오토바이 날치기범 `덜미`
나도 한마디
만화와 게임을 희생물로 곁들어서 말이죠.

갑자기 설명이
길어졌네요.
미안해요.
선배. 절 찾으신
이유가…?

아, 다름이
아니고.

저 친구 심문 좀
대신해줬으면 해서.

제가 심문을요?

응. 얘가 우리한테
너무 겁을 먹고
말을 안 하네.
그렇다고
묵비권 행사나
변호사를
불러달라는 것도
아니고.

이럴 땐 여경이
포근하게 다독거려주면
경계심 풀고 조사에
협조하는 경우가
많아서…
좀 부탁할게.

그럼 선배,
저한테 뭐 해주실
건데요?
응?

저, 저녁 살까…?
솔로 앞에서
연애질은
노매너예요
좋아요. 간만에
선배한테 얻어먹네요.

삐걱

달칵
안녕하세요.

끄덕
네? 안녕하세요…

박준혁 씨 맞죠?

전 범죄심리분석관 차서연이라고 해요.
박준혁 씨랑 이야기 좀 나눌까 해서 찾아왔어요.

범죄심리분석관…? 프로파일러 말씀인가요?

오, 맞아요! 잘 아시네요?

여기 의자에 앉아도 될까요?

…

끄덕
예. 앉으세요.

감사합니다. 계속 돌아다녀서 다리가 좀 아팠는데 준혁 씨 덕분에 편하게 앉네요. 정말 고마워요.

식사 거의 안 했네요?
예. 별로 생각이 없어서요.

지이이잉

저기…

예. 말씀하세요.

프로파일러라고 하셨는데…
혹시 제가 사이코패스인지 알아보러 오신 건가요?

…

…

* PCL-R : 사이코패스 진단방법.

전에 그거
해봤는데.
22점
나오더라고요.

그런데 자가 검진은
별 의미가 없어요.
시중에 유포된
테스트 문항도
반사회적 성격장애
정도를 검사하는
것뿐이죠.
사실 사이코패스가 아니더라도
어느 정도 유사한 증상을 보이는
경우가 많고, 보이지 않는 정신적
문제인 만큼 특정 인물이
사이코패스다, 라고 명확하게 정의를
내리기 힘든 경우가 대부분이에요.

오히려 비슷한 패턴을
보인다고 해서 사이코패스가
분명하다고 생각하는 것
자체가 섣부른 단정이죠.

머리에
열이 난다고 해서
다 감기라고
볼 순 없잖아요.
안 그래요?

끄덕

준혁 씨는
솔직해서 좋네요.
범죄 심리 쪽으로
관심이 많나 봐요?
네. 조금.

왜 그쪽에
관심을 가지죠?
혹시 본인이
사이코패스인지
궁금해서?

예…
가끔 그럴 때가
있어요.
이러다가 내가
괴물이 될 수도
있겠구나, 라는
생각이 들 때가…

결국 엄마를 죽인
괴물이 되었지만요.

혼자 끙끙 앓지 말고
속 시원하게 털어놔볼래요?
…

왜 어머니를
죽였는지…

…

말하기 힘들어도
솔직하게
이야기해주세요.
그래야 당신을
도울 수 있어요.

전…
왕따였어요…

?

?

예. 학교 다닐 때도
왕따… 집에서도 왕따
신세였죠.
뭐 때문인지…
물어봐도 될까요?

왕따…?

부모님의 기대치에
부흥하지 못했기
때문이죠.
엄마가 한 말
그대로 전하자면,
전 공부 지지리도 못하는
병신 새끼였거든요.

엄마는 제가 아버지의
뒤를 이어 의사가
되어야 한다며 S대 의대에
들어가길 원했어요.

로봇 심장 수술 국내 최초 300건 달성!

서울OO대학 병원 흉부외과 박명환 교수팀이 다빈치 로봇을 이용한 심장수술 300건을 돌파해 수술 성공률 100%라는 대기록을 세웠다. 지난 11월 30일 협심증을 앓고 있는 49세 환자에게 다빈치 로봇을 이용한 최소침습 관상동맥 우회술을 시술해 다빈치 로봇 심장수술 300건을 달성한 것. 환자는 건강한 모습으로 지난 5일 퇴원했다.

엄마 역시
지방이긴 하지만
명문가 집안에서 자라
Y여대를 수석으로
졸업한 엘리트세요.

대학 졸업과
동시에 아버지와
결혼해 저랑 동생
준성이를 낳고…
겉보기에는
남부러울 것 없이
완벽하고 행복한
가족의 모습이었어요.

남들이
보기에는
말이죠.

다른 사람들이
볼 때 우리 엄마는
현모양처였을지
몰라도…

집 안에서는…

폭군처럼
무자비하게
군림했어요.

이렇게 말하면
좀 웃기지만,
퍽억
퍽억
남들은
'즐거운 나의 집'
이라고 할 때
전 이해가 되지
않았어요.

집은 저에게 그냥
감옥일 뿐이었거든요.
학교와는 또
다른 의미의 감옥…

감옥엔
교도관이 있듯이…
집에는 항상 엄마가
절대 악(惡)처럼
도사리고 있었어요.

제 자유의지를 빼앗고
획일화시키려는
절대 권력자.

마치 히틀러 같은
존재였죠…

엄마는 제 꿈 따위는
가볍게 무시했어요.
아니, 비웃었죠.
꿈이요? 준혁 씨는
어떤 꿈을 갖고
있는데요?

제 꿈요…?

창피하지만 전…
가수가 되고
싶었어요.

오디션 프로그램에
나오는 애들 보면 가슴이
두근거렸죠.
언젠간 저도
그런 프로그램에
나가서 노래를
부르고 싶었어요.

한 2년 전쯤, 용기를 내서 엄마한테 말했었어요. 의사보다는… 가수가 되고 싶다고요.

그때 엄마가 한 말이 아직도 잊혀지지 않아요.

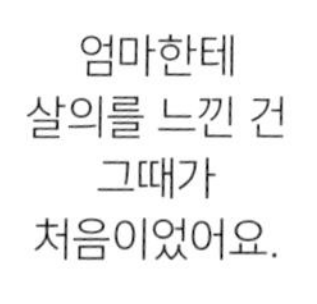

아버지한테는
이야기 안 해봤어요?
아버지요…?
그분은 항상 바빴어요.

아버지 역시
벽처럼 느껴지긴
마찬가지였죠.

항상 소통을
이야기하지만,
일방적으로
자신의 존재만
과시하는…
권위적인
존재였어요.

또 다른 의미의 벽.

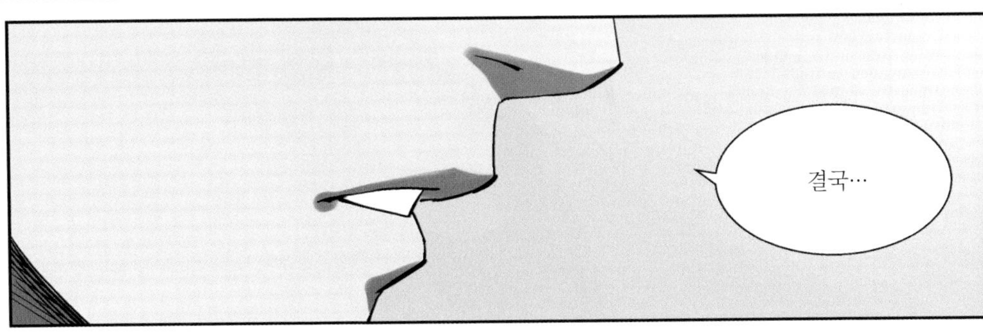
결국…

공부에 관심이
없는 전 삼수, 사수를
하면서 방황을
하기 시작했고…

엄마는 제가 무엇을 하고 싶은지는
외면한 채 집안의 명예를 위해
희생할 것을 강요하며 혹독한
매질까지 서슴지 않았어요.
퍼억
퍼억
성적이 마음에 안 들면 밥을 안 주거나
잠 못 자게 하는 건 다반사였고,
심한 경우엔 야구방망이나
골프채로 마구 때렸어요.
자기 마음이 풀릴 때까지요.

내가 어쩌다
너 같은 놈을
낳았는지…!
S대도 못 가는
병신아!
나가 죽어라,
나가 죽어!
제 핸드폰에
저장된 엄마 닉이
뭔지 아세요?

'미친년'이에요.
!

미친년…
정말 절 못 잡아먹어서
환장한 사람 같았어요.
전생에 원수가
아니었나 싶을 정도로.

쯧쯧. 스트레스가
장난 아니었나 보네.

가족이라는
이름의 지옥에서
살았구만, 지옥.

그래도 엄마를
죽이는 건 아니지.
에혀.

그렇게 엄마랑
원수처럼
으르렁거리며
지내고 있었는데…

어젯밤이었어요.
쿠르릉

시험을 봤는데
완전히 망쳐서
기분도 별로고…
비틀
비틀
미래에 대한
이런저런
고민 때문에
술을 좀 먹고
들어가게 됐어요.

그게
실수였죠…

끼익
?

번쩍
얘기 좀 하자.

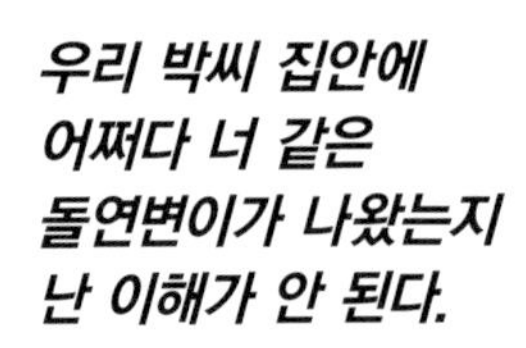

그리고 집안 자랑과 신세 한탄.

지금 네가…
감히 날 비웃어?
그런데 그날만큼은
달랐어요.

탑삭
오늘 너 죽고
나 죽자!

차라리
죽는 게 나아!
낫다고!
퍽
너처럼
집안 망신,
부모 창피하게
만드는 놈은
퍽
퍽
아악!!

퍽
퍼억
퍽
!!

이제 그만
좀 하세요!
화악

그렇게 실랑이를
벌이다가 엄마를
밀쳤는데…

그건… 저도 잘 모르겠어요. 술김에 너무 화도 나고 해서…

술김에 화가 나서 어머니의 시신을 칼로 찔렀다는 건가요? 일곱 차례나?
예.

…

검사 결과 박준혁은
사이코패스는
아닌 것 같아요.

가족, 특히 모친이 주는
스트레스와 트라우마 때문에
그렇게 된 게 아닐까 싶네요.
사이코패스는 과거
주변에 피해를 입힌
흔적들이 나오는데,

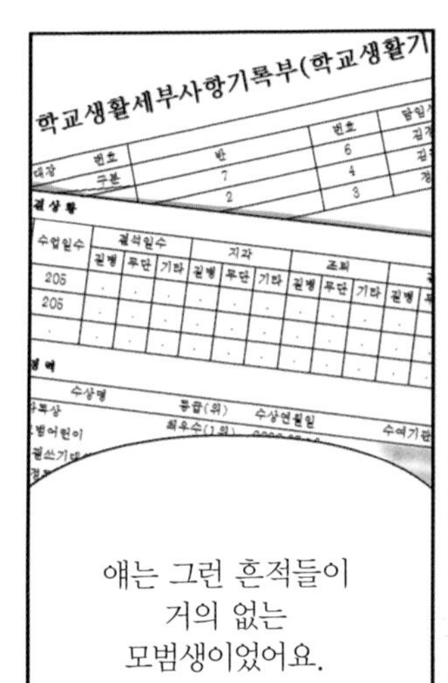
학교생활세부사항기록부(학교생활기
애는 그런 흔적들이
거의 없는
모범생이었어요.

본인이 원하지 않는
목표를 책임지게 하고
그것에 못 미치는
결과를 가지고
처벌을 한다면,

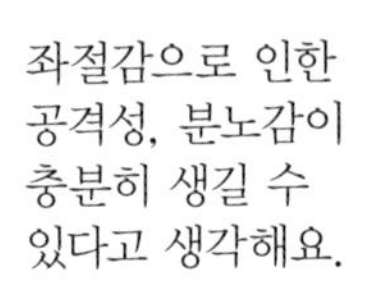

좌절감으로 인한
공격성, 분노감이
충분히 생길 수
있다고 생각해요.

결국 인성보다는
성적을 중시하는
현실이 한 청년을
괴물로 만든 거네.
그렇다고
볼 수 있죠.

그런데
죽은 어머니를
그렇게 칼로 찌른 게
이해가 안 가요.

존속 살해의 경우,
대부분 가해자가
극도로 흥분하거나
분노한 상태이기 때문에
계획적인 범행보다는
즉흥적이거나 우발적인
경우가 더 많아요.

피해자의
손상 부위를 봐도
안면 부위나
경부 이런 부분이
많죠.
치명적으로 손상을
입히려다 보니
흉기 역시 칼 같은
도검류가 많고요.
으~!

에휴. 그래도
이해 안 가요.
자기를 낳아준
엄마한테 그렇게
한다는 것이.
전에 알던 선배가
그러더군.

악인을
비난하는 것은
쉽지만 이해하긴
어렵다고 말이야.

며칠 후
면회실

원래 담배 안 피셨잖아요…

너 때문에 피게 됐다.

치이익
시간이 없으니 단도직입적으로 말하마.

…
집안이 풍비박산 났는데 담배라도 펴야 사람이 살지, 안 그러냐?

너와 나, 부자지간의 인연은 오늘로써 끝났다는 걸 통보하러 왔다.

법적인 효력은 없지만 난 이제 널 아들로 생각하지 않을 거다. 준성이도 마찬가지고. 오늘 이후로 평생 볼 일 없을 거야.

이젠 난 니 아버지가 아니다.

아, 아버지…!
넌 지금부터 박씨 가문의 사람이 아니야.

이제 서로 남남으로 살자꾸나. 너도 그렇게 생각하렴. 그럼 잘 지내거라.
아버지…!

자,
잘못했어요!
벌떡

주륵
절 버리지만
말아주세요…
제발요, 아버지.

네가 칼을 들고
나한테 덤벼들었을 때,

찌익
이런 결과는
각오했을 거 아니냐.

아…

덜컹
아빠~!!

의뢰관서 : 서울지방경찰청
성　명 : 김연희 (여성/ 46세)
사망일시 : 2014년 0월 00일 00시 04분경
부검일시 : 2014년 0월 00일 13시 20분
부검번호 : 에이-14-143
부 검 의 : 곽00, 원00, 서00

검 의 : 곽00, 원00, 서00

검 소견
뇌, 간, 비장 등의 장기 파열
두개골 골절 및 두부하출혈
하복부의 다발성 자창

설명
상기한 본시의 사망 경위와 주요
본시는 사망 경위를 보면 다툼

3. 하복부의 다발성 자장

설명
상기한 본시의 사망 경위와 주요 부검 소견을 종합하면 본시의 사인은 뇌의 파열이다.
본시는 사망 경위를 보면 다툼 중 용의자가 밀어 후두부가 가구 모서리에 부딪쳤는데
이때 일차손상으로 최소한 두개골의 골절과 함께 대측충격으로 인해 뇌의 치명적 손상이
생긴 것으로 보이며 그후 날카로운 흉기에 의해 하복부의 결손과 간, 비장 등의 파열과
다발성 자창이 일어난 것으로 추정한다.
그리고 방어손상이 없어 두개골 충격 시 이미 사망한 것으로 보인다.
따라서 본시의 사인은 일차 손상에 의해 뇌가 파열됨으로서 급사한 것이며 하복부 장기
손상은 사후에 일어났다고 생각함이 합리적이다.

손상은 사후에 일어났다고 생각함이 합리적

감정 결과
상기한 본시의 사망 경위, 주요 부검소견
1. 본시의 사인은 뇌의 파열이다.
2. 따라서 외인사이다.

진술서를 보면
술에 취해 완전히
이성을 잃은 것도
아닌데 말이야.
왜 긁어 부스럼을
만들었을까?
사고사로
정상참작이
될 수 있는
상황이었는데
말이야.

용의자 진술대로
모친의 죽음에도 불구하고
그녀에 대한 증오가
그토록 컸던 것일까…?

SKETCH

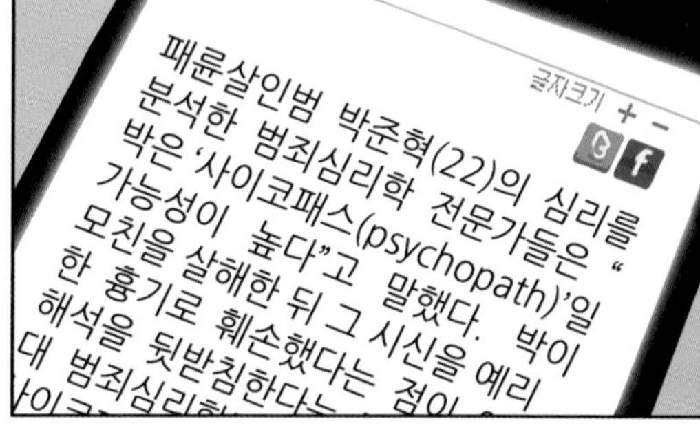
글자크기 + -
패륜살인범 박준혁(22)의 심리를
분석한 범죄심리학 전문가들은 "
박은 '사이코패스(psychopath)'일
가능성이 높다"고 말했다. 박이
모친을 살해한 뒤 그 시신을 예리
한 흉기로 훼손했다는 점이
해석을 뒷받침한다는

범죄심리학과 김XX 교수는 "
사이코패스 살인범들은 시신을 불
에 태우거나 훼손하는 데서 희열
을 느낀다"며"박 군도 살인을
르고 시신을 훼손하면서
절정을 느꼈을 것으로
말했다.

말도 안 돼…

똑
똑
준성아.
아빠다.
예. 들어오세요.

끼익

공부
열심히 하고
있구나.
SKETCH

턱
역시 준성이
너밖에 없어.

오늘 형 면회는
갔다 오셨어요…?
SKETCH
그래.

형과는 오늘부로
부자지간의
인연을 끊었다.
놀랐겠지만
그 사람은 이제
없다고 생각하렴.
!

이제
준성이 네가
이 집안의
장남이다.
부르르

열심히 공부해서
우리 집안을
빛내야 한다.

무슨 말인지
알겠지?
꽈욱

그럼 공부 계속하렴.
아버진 가마.
부들
부들
SKETCH

으아아아!!
화악

주, 준성아…!
이게 무슨!

파악

그래도…
나한텐 하나뿐인
형이었어!
그딴 식으로
말하지 마!!

비틀
비틀

끼익
다녀왔습니다.

응…!?

!!

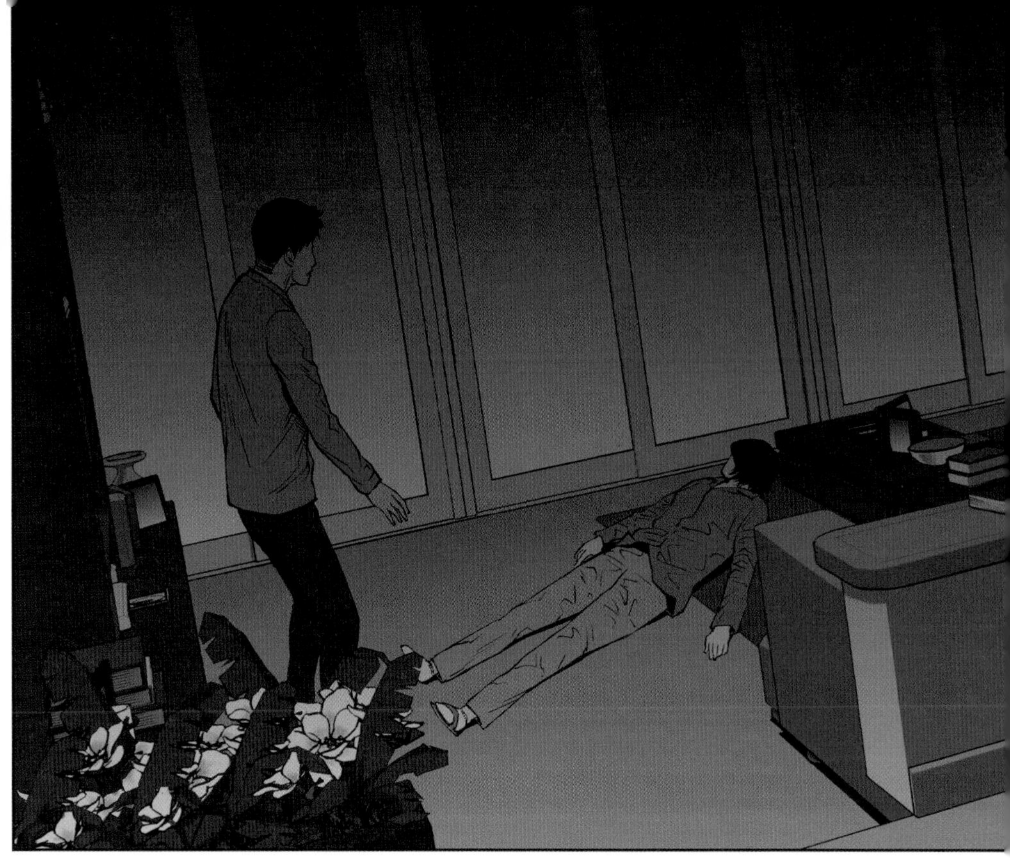

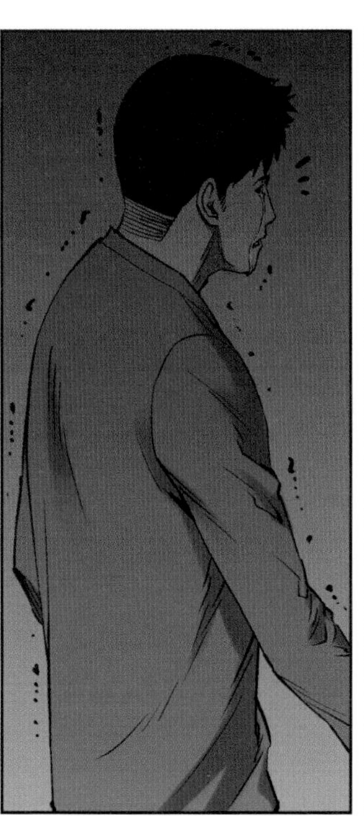

흑…
흑…
흐윽…

준, 준성아…

네가 엄마를…!

어떻게 된 거야?
흐윽…
어, 엄마가
성적 떨어졌다고
너무 때리기에
나도 모르게
엄말 밀쳤는데
그만…

흑…
형, 나 이제 어떡해…
응? 어… 엄마를 죽였어…

…

아냐. 넌 엄마를
죽이지 않았어.

제6화 「엘리트 세레나데」 끝

The 6th Episode.
"Elite serenade"
END

to be continued...
The 7th Episode "Motherhood"

FREAK

죽음의 순간은 이야기의 결말과도 같다.

앞서 있었던 일에 다른 의미를 부여하게 된다.

메리 캐서린 베이트슨

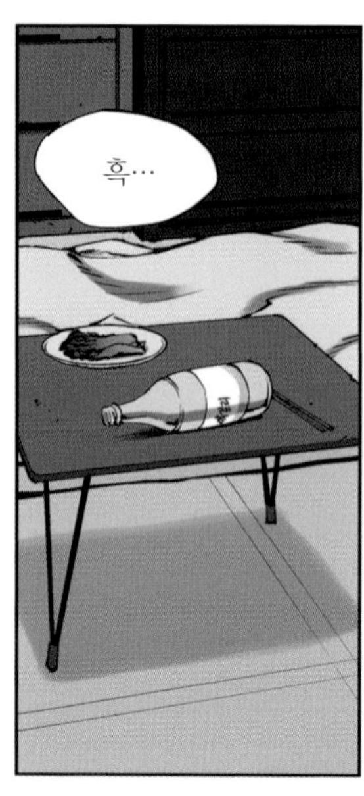
흑…

흐윽…
흑…

112 범죄 신고
센터입니다.
딸칵
저, 전 김영진
이라고 합니다.

제가 방금
어, 어머니를
죽였습니다…
흐윽…

자수합니다…

Episode 7. Motherhood

또 존속살인이네.
요즘 세상이
왜 이러나 몰라.

말세지, 뭐.

실례합니다.
잠시만요.

헉
헉
헉
헉

아직도 저런 식으로 연탄 배달하는 데가 있네. 허허.

찻길이 없으니.

정말 1980년대 달동네 보는 것 같다.

충성!

수고 많으십니다.

?

이분이
용의자인가요?
예.

이분이 전화로 직접
자수 의사를
밝히셨습니다.

자수하셨다니
수갑은 채우지
않겠습니다.

선생님은 묵비권을
행사할 권리가 있고,

변호사를
선임할 수
있습니다.

변호사를
쓸 돈이 없다면,
국선 변호사가
선임될 것입니다.

무슨 말씀인지
아시겠죠?
옛날에 금잔디

메기 같이 앉아서
반장님
010-43xx-05x

예, 반장님. 현장 도착했습니다.

과수대 오는 대로 용의자와 함께 들어가겠습니다. 예.

와아, 언덕길 올라오기 진짜 힘들다.

헉
헉
헉
CSI
경찰
POLICE
호랑이도 지 말하면 온다더니 지금 왔네요.

여어, 수키. 왔냐?
어, 그래.

야, 보지만 말고 좀 받아. 에티켓은 뒀다가 밥 말아 먹을래?
헥헥
아후. 힘들어 죽을 뻔했네.
어…

영계는?
경찰

딴 사건
때문에
안 왔어.

다들 정신없구나…
그나저나,
현장 여기야?
응.

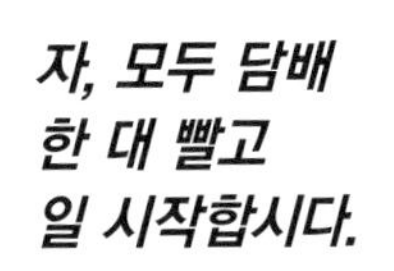
자, 모두 담배
한 대 빨고
일 시작합시다.

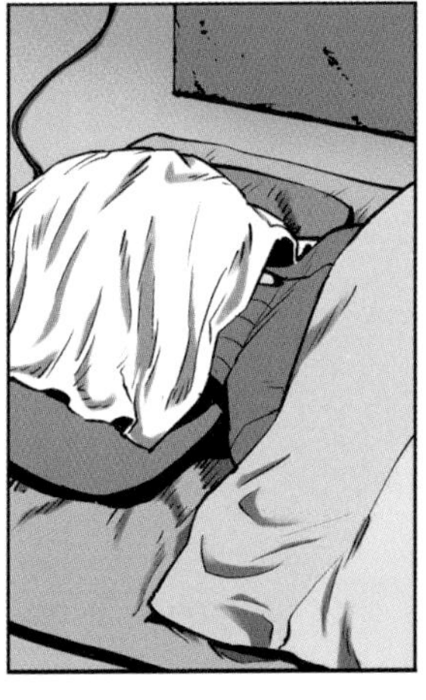

다녀왔습니다, 반장님.
덜컹
그래,
수고들 많다.

씨익

식사는 했나?
이제 먹어야죠.
…!

으…
왜 그러세요?

어디
편찮으십니까?
으윽!

울컥

콜럭

!

!

FREAK

병원
성균관의대

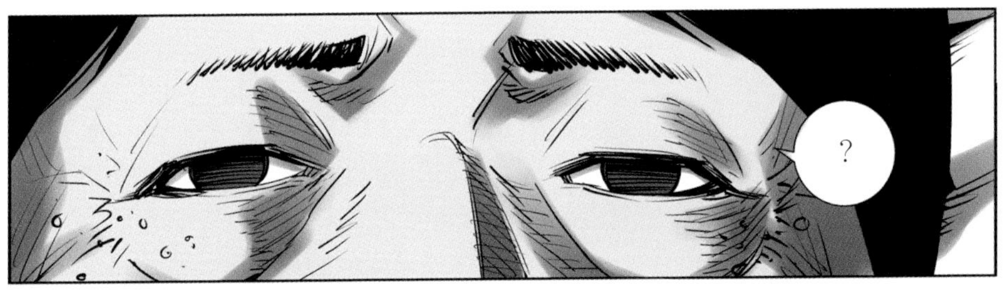
?

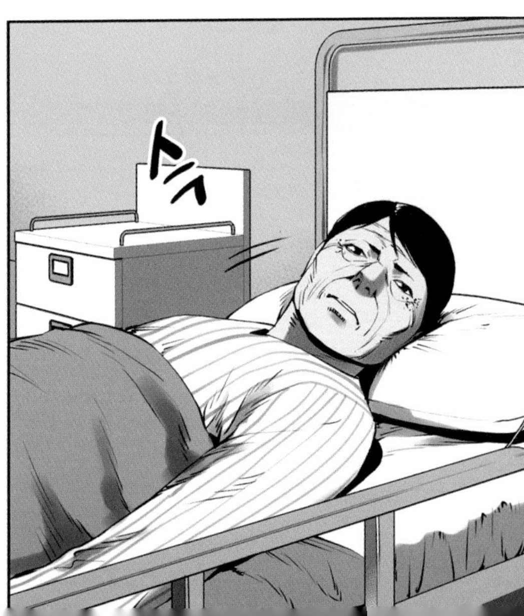

ㄹㄹㄹ
ㄹㄹㄹ

철컹

피식

깨셨네요.
갑자기 피를 토해서
놀랐습니다.
하암

지금은
괜찮으세요?

죄송합니다.
저 때문에
형사분들이
고생이
많으시네요.

별말씀을.
그런데 의사 선생님 말씀이…

암 말기 같다고 하시더군요. 혹시…?

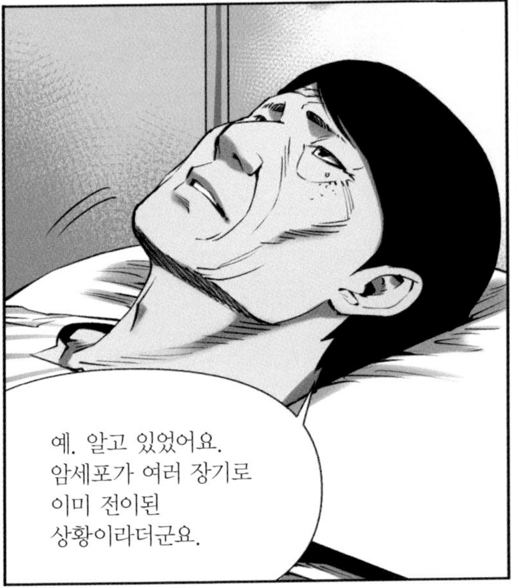
예. 알고 있었어요. 암세포가 여러 장기로 이미 전이된 상황이라더군요.

2~3개월 안에 죽는대요.
…

저, 제 어머니 시신은…?

병원 안치실에 모셨습니다.
죄송합니다. 저 때문에…

저희한테 죄송할 건 없고…
돌아가신 어머니한테
죄송하셔야죠.
툭
어이…

후우

괜찮으시면
여기서 진술을
받겠습니다.
괜찮으시
겠습니까?
예.

잠시만요.
컴퓨터 좀 켜고요.

타닥
타닥

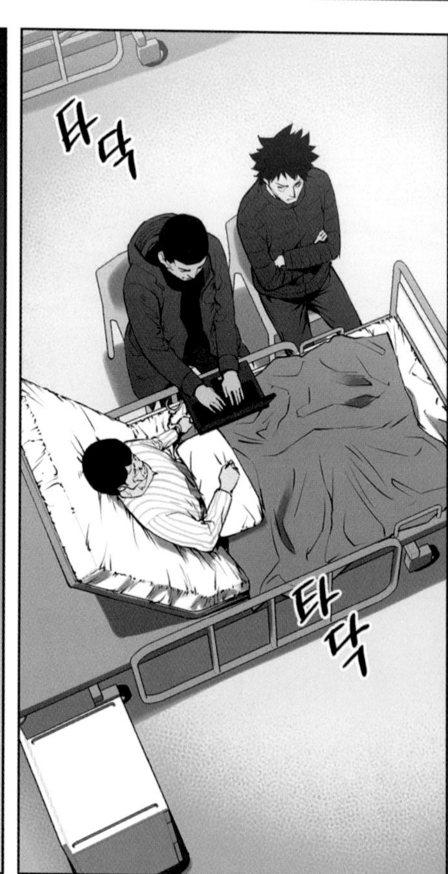
타닥
타닥

13시 50분경
어머니를 살해했다고
112에 자진 신고를
하셨습니다.
맞습니까?

예… 맞습니다.

어떤 방법으로
모친을 살해했나요?
타닥
타닥
모, 목을 졸라서…

모친을 살해하게 된
동기가 뭔가요?
술 먹고 말다툼을
벌이다가 그만…

말다툼의 원인은 뭐죠?

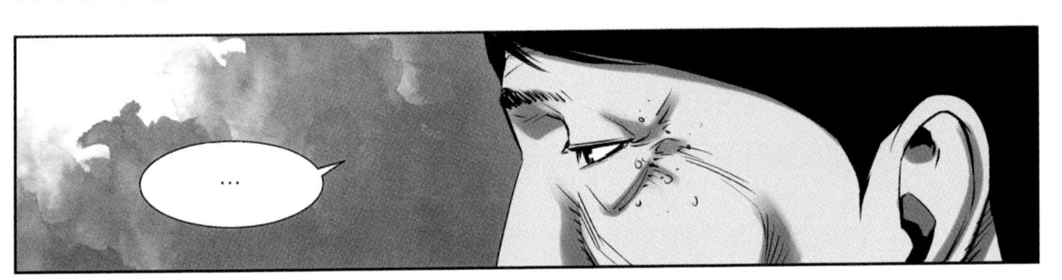
…

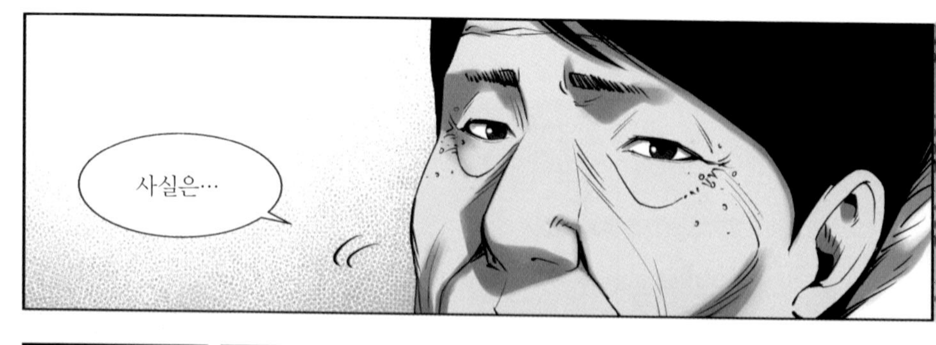
사실은…

신변 정리를
하시는 게
좋을 듯합니다.

오늘 오전에
병원에 갔다가
시한부 판정을
받았어요.

3개월 안에
죽을 거라고
의사가 단언을
하는데…
한동안 멍하더군요.

이런 식으로
내 인생이 초라하게
끝나리라고는
꿈에도 생각 못 했거든요.
한때 화려한 주연을
꿈꿨지만 현실은
엑스트라의 삶처럼
허무한 결말이
절 기다리고 있었죠…

단칸 월세방에 들어서니
중풍 때문에 몸이
불편하신 어머니가
절 맞이해주셨어요.

젊어서 아버지와
사별하고 40년 넘게
저 하나만 보시고
살아온 불쌍한
분이었죠.

그런데 사형선고를
받은 충격 때문인지…
어머니와도
말 섞기가 싫었어요.

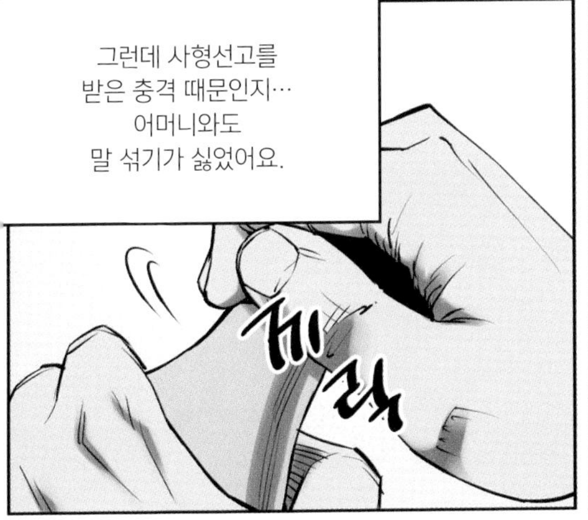

누군가 툭 건드리면
폭발해버릴 것만
같았죠.

그냥…
혼자 있고
싶었어요.

뭐, 뭔 일 있니…?

평소랑
다른 태도 때문인지
어머니가 계속
추궁을 하셨고…
전 사실대로
이야기할 수밖에
없었어요.

!

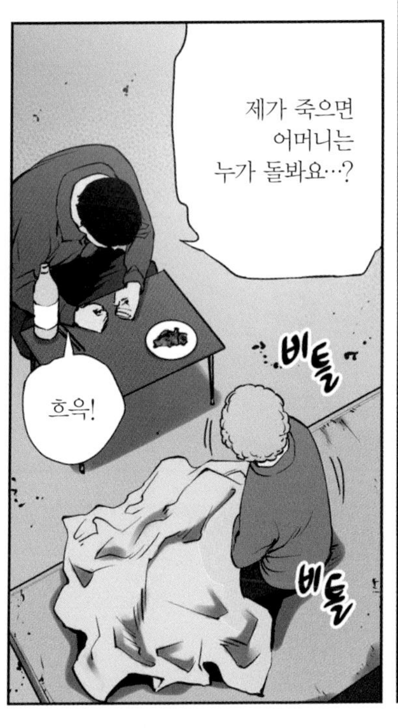
제가 죽으면
어머니는
누가 돌봐요…?
흐윽!
비틀
비틀

영진아…
차라리…
날 죽여라.

네?
이게 내 마지막
소원이라고
생각하고
들어줘…

텁석
넌 어미 말이라면
다 들어주던
효자이지 않니.

진짜 말도
안 되는 소리 좀
하지 마세요!
어머니!!

아니다. 진정으로
하는 말이야.
어차피 너 없인
나 혼자 못 산다.
나를 죽이고 가렴…
지금 아들한테
무슨 짓을
시키시는지
아세요!?
왜 그러세요!
어떻게든
살 생각은
안 하시고!

화악
이 새끼야!
너야말로
인생 포기한
사람처럼
늙은 어미 가슴에
대못 박고
있질 않니!
덥썩

차라리 날
죽이고 가!
어디서 그런 힘이
나셨는지…
제 멱살을
잡고 미친 듯이
흔드셨어요.

그렇게 실랑이를
벌이다 보니
감정이 격해져서…

정신을 차리고 보니
어느새 어머니의 목을
조르고 있었어요.

쿵
그런데
그때였어요.

부들 부들

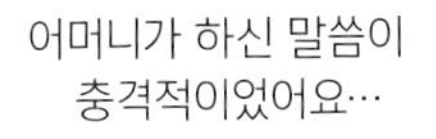
어머니가 하신 말씀이
충격적이었어요…

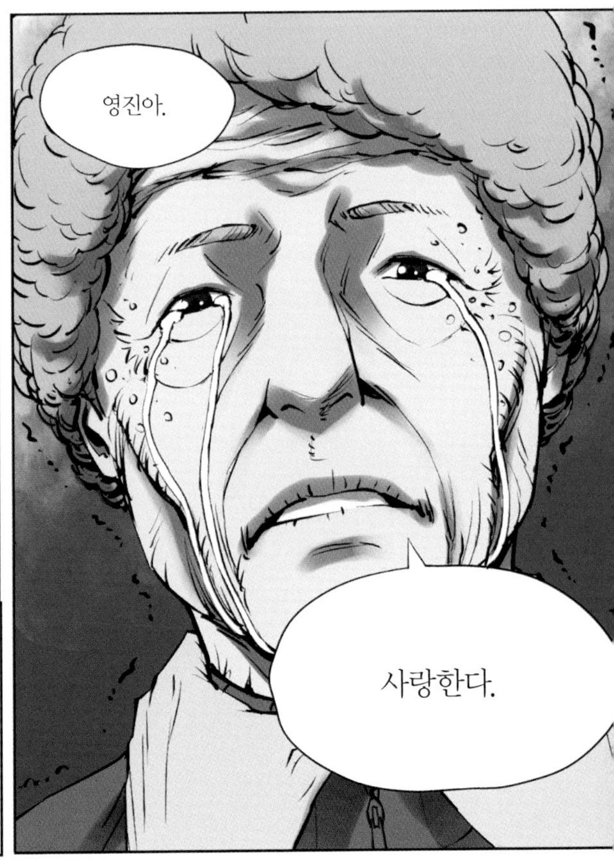
영진아.
사랑한다.

저, 저두요,
엄마…

사랑해요…

잘 모시지 못해서
정말 죄송해요.

펴, 편히 가세요.

어머니…!

절… 용서…해 주세요…

치이익

이런 사건은 해결해도 담배 맛이 써.
그러게.

이 세상이 가끔 약자에겐 지옥 같다는 생각이 드네.

사회적인 약자도 마음 편히 살 수 있는 세상은 불가능한 걸까…?

삑
삑
삑
어디 전화해?

엄마한테.

이럴 때만 전화하냐?
못된 놈.
그러니까 불효자식이지.

어?

눈 온다.

제7화 「모정」 끝

The 7th Episode.
"Motherhood"
END

to be continued...
The 8th Episode "Wrong encounter"

FREAK

이처럼 광포한 쾌락의 끝에는

포악한 종말이 있을 뿐이다.

윌리엄 셰익스피어

Episode 8. Wrong encounter

딩동

서울지방경찰청 강력계
김준 형사입니다.
전화 주셨죠?

누구세요?

덜컹
들어오세요.

저…

이거 우리 남편 알면
저 죽어요.
비밀
지켜주실
거죠…?

물론입니다.
그 점은 걱정하지
마시고요.
누구에게
협박을 받고 계신지
말씀해주시죠.

후우
…

어머~
오랜만이다, 얘.
더 예뻐졌네?
가슴도 커지고.
까르르
3주 전쯤,
여고 동창 모임이
있었어요.

간만에 외출해서
옛 친구들 만나니
기분도 좋고,
술과 분위기에
휩쓸리다 보니
카바레까지
가게 됐어요.
거기서
한 남자를
만났는데…

어쩌다 보니
그 남자와 모텔까지
가게 됐죠.
그럴 생각은
추호도 없었는데…

혹시 그 남자가
약을 탄 건
아닌지…?

아뇨.
그런 것 같진
않았어요.
그 사람, 남자답고
매너도 좋았거든요.
좋아하는
노래 취향도
비슷했고요.
저도 모르게
흔들린 것 같아요.

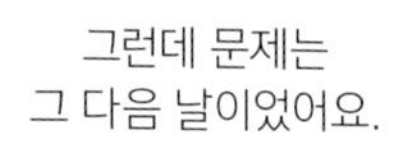
그런데 문제는
그 다음 날이었어요.

오늘의 마지막
찬스!
마감임박!!

난 너를 믿었던 만큼♪
난 내 친구를 믿었기에♪

난 아무런 ♪
부담없이 ♪
그 전화를
받지 말았어야
했는데…

여보세요?

김진희 씨?
슥
예…
실례지만
누구시죠?

나야~
어젯밤 하얗게
불태운 그 남자♥
기억하지?
!

네…?

생전 처음으로 오르가즘
느끼게 해준 그 남자라고~
왜 갑자기 모르는 척
하는 거야? 응?
쪽팔려서? 크크.
그 달콤하던 목소리가…
확 돌변해서 괴물처럼
비아냥거리더라고요.

느낌이 너무 안 좋아서
끊으려고 했는데…
부들부들
일시중단
01:03
끊지 마.
끊으면 남편한테
동영상 보낸다.

알면서 왜 그래?
우리 어제 성관계하는 거
동영상으로 찍어놓았다고.
지금 보니까 좆나게 황홀해하네?
크크크.
쿵

네? 그, 그게
무슨 말씀이세요?

야, 왜 대답이
없어? 응?

왜, 왜, 왜 갑자기
무섭게 그러세요?
어제는
안 그랬잖아요…

아, 이 씨발년!
갑자기
짜증 나게 만드네.
사람이 기분 좋게
전화하면 기분
상하지 않게
응대해야 하는 거
아냐? 앙?

참나. 이년아.
어제는 어제고,
오늘은 오늘이지.
크크크.

휴, 휴대전화로
찍은 거예요?
그렇지. 몰카로
찍은 거지.
머리 좋네?

그 좋은 머리로
상상해봐.

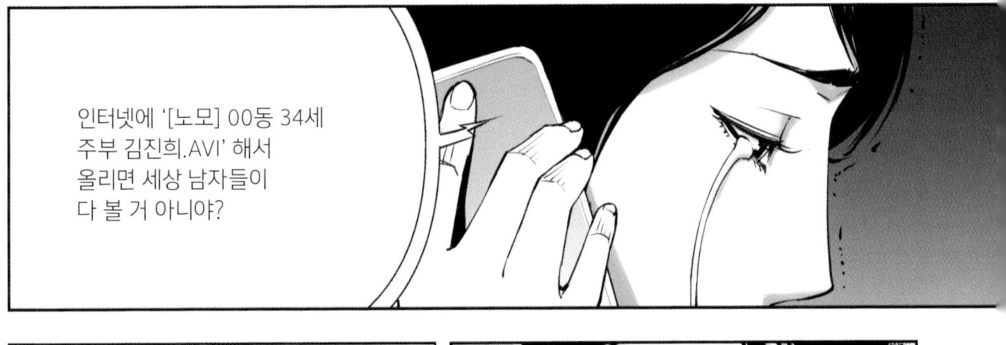
인터넷에 '[노모] 00동 34세
주부 김진희.AVI' 해서
올리면 세상 남자들이
다 볼 거 아니야?

야동 사이트
같은 곳에
본인 얼굴이
나오면
행복할까요?
불행할까요?
크크.

대, 대체
뭘 원하는
거예요…?

남자는 일단
만나서
이야기하자고
하더라고요.
약점이 잡혔으니
어쩔 수 없이
약속 장소로
나갈 수밖에
없었어요.

남자는 절 모텔로
데리고 가 강제로
성폭행을 하고…
찰칵
찰칵
찰칵
찰칵
찰칵

그리고 악몽이
시작됐어요.

찰칵
찰칵
나체 사진을 찍고는
돈을 가져오라고
협박을 했어요.

찰칵
찰칵
돈을 안 가져오면 인터넷에 동영상을 유포하겠다고…

얼마나요?
5,000만 원이요.

혹시 그 사람 연락처나 집 아세요?
예. 두 번째부터는 자기 집으로 끌고 가더라고요. 모텔비 든다고…

헐…
알뜰하네

△△3동 34-46 삼화빌라 201호예요. 혹시나 싶어서 주소를 외워뒀거든요.
부아앙

삼화빌라
남자 이름은 김준… 뭐던데, 확실히 기억은 안 나네요.

딩동
201
딩동

끼익
누구십…? 어?

누구십니까?
여기 김 선생님 댁이죠? 잠깐 문 좀 열어주시겠습니까?

!!
?

야아, 이게 누구야…? 진짜 오랜만이다.
꼬마신랑 김준, 살아 있네~? 하하.

준, 준식 선배…?

그래,
우리 4년
만이가?

이 뚱보는 뭐꼬,
새 마누라야?
뚜…뚱보…?

여어, 좀비.
얼굴 좀 폈네?

옛날엔
비실비실했는데,
색히.
간만이네요,
선배.

송 형사도
간만이네.
수키는…
잘 있나?

…네.

들어와, 들어와.
우리 집은 어떻게 알고 왔어?
응? 여기까지
웬일이야?
저, 신고 때문에…
흠 흠
신고?
뭔 신고…?
부우웅

요즘 어떻게
지내세요?

전에 뇌물 받은 걸로
놀고먹는다.
마, 백수가 제일
속 편하다 아이가.

이 색히들.
옛날엔 머리에
피도 안 마른
풋내기들이었는데,

이젠 짭새 티 좀
나네? 응?
크크크.

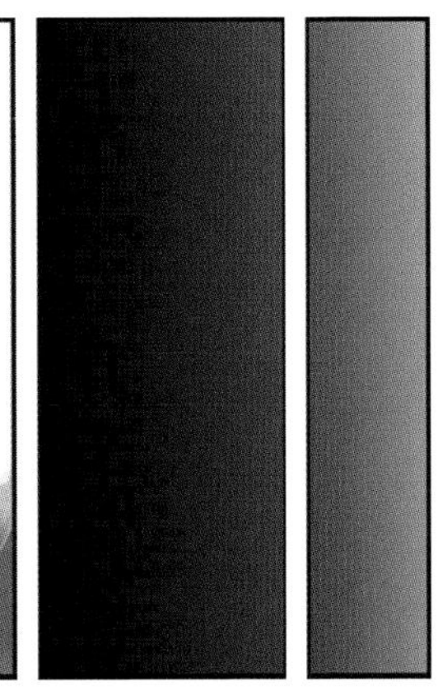

강력 1반

니들 일 똑바로
안 하나?

야, 이 색히들아.

퍽
대가리는
냅뒀다 언제 쓸래?
여자 꼬실 때만 쓰나?
앙?

퍽
핑계 있으면
아가리 좀 놀려봐라.

죄송합니다,
선배님.

니 주둥이는
그 말밖에 할 줄
모르나?
죄송합니다.
죄송합니다.
죄송합니다.
니 앵무새가?

이 색히들을
확 그냥…
어이, 준식이.

예, 선배님.
군기 그만 잡고
이 친구랑
인사나 하지.

우리 부서에
새로 온 막내야.

아, 이 친구가
오늘부터 온다던
그 신입입니까?

충성!
김준이라고 합니다.
잘 부탁드립니다.

김준?
이름이 외자네?
예.

내 이름하고
한 자 차이네.
반갑데이.
내는 김준식이다.
서울지방경찰청
강력1반에 온 걸
억수로 환영한데이.

덜컹

아따, 마~
사무실은 그때
그대로네.
우째 변한 게
한 개도 없노.

어?

어?
이게 누구야?
벌떡

백 선배님,
억수로
반갑십니더.
얼굴 하나도 안 변했네예.
그간 잘 지내셨습니까?
뭐, 나야
잘 지내지. 허허.
준식이 자넨
어떻게 지내나?

그냥 뭐, 겸사겸사 지내고 있십니더.
그런데 여긴 웬일이야?

어떤 미친년이 절 신고를 했나 봅니다.

내가 성폭행했다 안 캅니까? 내 참 기도 안 차서. 지가 어디 그럴 사람으로 보이는교?

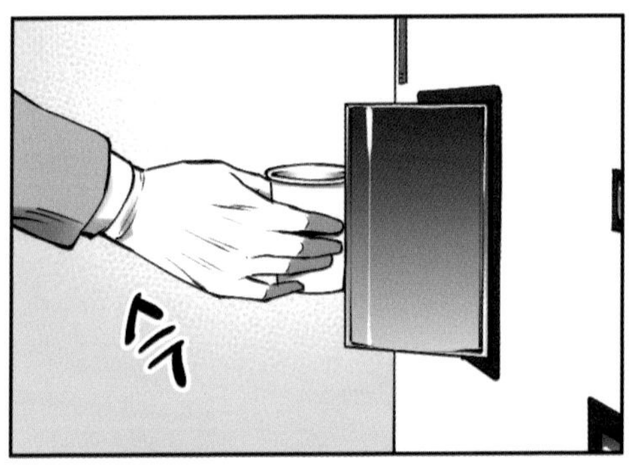
스윽

…

또각
또각
또각

휘이익
?

감식반
새로 오신 분
맞죠?
예. 그런데요?
현장에서 한두 번
봤는데 서로 인사도
안 한 것 같아서요.

이번 기회에 서로
이름이나 트입시다.
나 강력1반
김준식이요.

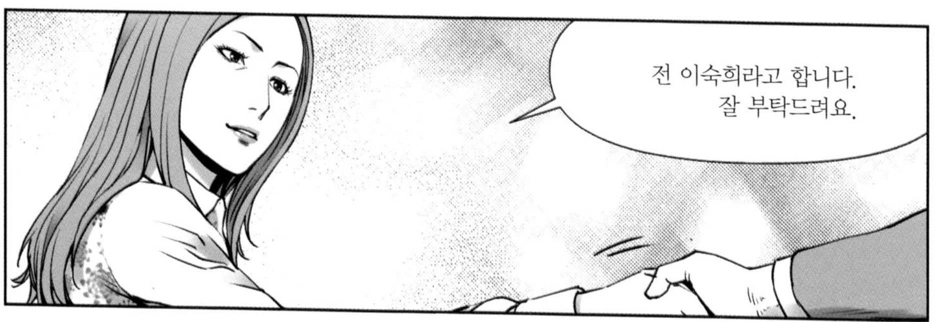
전 이숙희라고 합니다.
잘 부탁드려요.

수키?

아뇨.

수키씨, 입술이
참 예쁘네예.
네…?

…

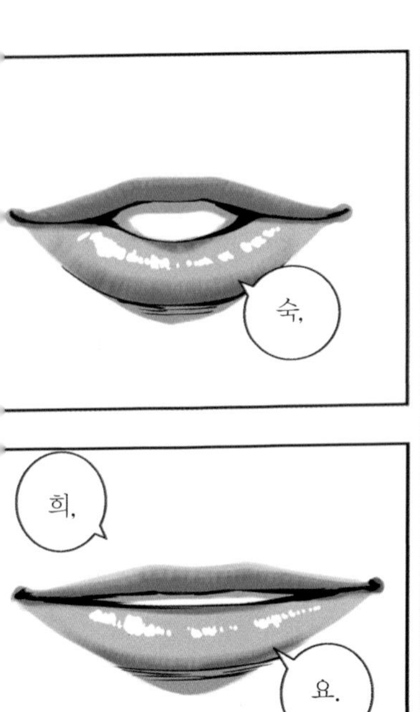
숙,
희,
요.

화악

홍수철 노래 압니까?
'장미 빛깔 그 입술'이라꼬.
윽스로 옛날 노랜데.
그 노래맨치로
우리도 차나 한잔하입시다.
입술이 참 맘에 드네.

오늘
저녁 시간
어떻능교?

아, 오늘 감식반
회식이라꼬요?
나도 거기 낑가주면
되겠꾸마~
네?
…

오늘은 부서
회식이라서…
좀 힘들 것
같은데요.

욕쟁이 할머니집

치이이익

자, 건배!

러브샷
보기 좋고!
휘이이익

콩
이러다 둘이
오늘 밤 만리장성
쌓는 거 아녀?
하하하.

와? 부럽나,
이 색히야?
아니. 둘이 진짜 사귀는 거야?
진지하게 사귀는 거면
축하할 일이고.
남사스럽게
와 그런 걸 물어보노?
일마, 참 눈치 없데이.

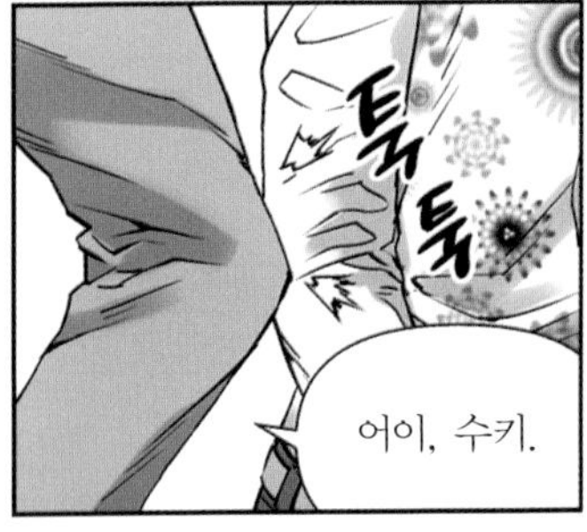
툭
툭
어이, 수키.

네?

찡긋
우리 오늘부터
연애하는 거 맞제?

어머, 몰라요.

어머머! 지는 몰라예!
와하하하!

오늘 기분 째진다!
할매!
이기 고기 5인분
더 주소!

문디 자슥!
대가리 피도
안 모린 놈이 오데
할매를 시키묵고
지랄이고!
니가 갖다
처묵으라!
와하하하!!

덜컹

CSI

어이, 수키.

어, 송 형사.
왜, 커피 마시자고? 나 지금 바쁜데.

아니… 그게 아니고.

김준식 선배,
지금 사무실에
와 있어.
!

그 인간이
여긴 왜…?

강력 1반

타닥
타닥

김진희 씨를 강제로
성폭행하고 나체 사진
찍어서 공갈 협박하신
사실이 있죠?

하, 까고 있네.
씨발.

그랄 의도였으면 내 이름하고 핸드폰 번호를 지랄한다고 갈켜줬끗나? 대포폰으로 하지. 안 글나?

봐라. 내가 니보다 서울청 식당 밥 더 많이 무긋다 아이가. 새끼가 어데서 겐또를 치노. 대가리에 피도 안 마른 새끼가.
...

욕 좀 하지 마시고요.
김진희 씨 나체 사진 찍었어요? 안 찍었어요? 그것부터 확실히 대답하세요.

안 찍었다 안 하나! 새끼가 진짜! 빡돌게 하네.

툭 등
봐라, 보라꼬!

핸드폰에 사진 있음
내 손에 장을 지진다,
돼지 새끼야!
의심은 좆나 많게
생겨 가지고.

아 나 진 짜

잠깐만.
김 선배.

한때 직속 선배였다는 건
알겠는데, 지금은
입장이 다르니까
곤조 피지 말고 묻는 질문에
대답이나 하세요.
아셨죠?

이 새끼 봐라?
우리 좀비
많이 컸네?

우리가 남이가?
이 새끼야, 앙?
후우

서울특별시

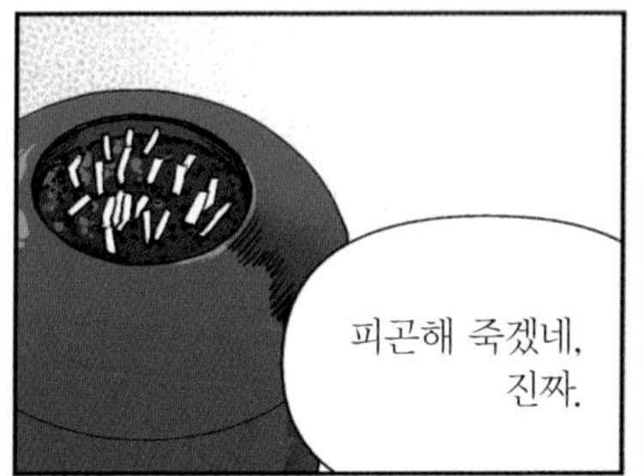
피곤해 죽겠네,
진짜.

후우

심문·취조 수법 훤히 다 아니까 다 능치고 들어오는데… 정말 피곤하더만.
차라리 칼 든 놈과 투닥거리는 게 낫지. 이건 뭐.

진짜 번데기 앞에서 주름 잡는 격이지.
그 수법들을 누가 가르쳤는데?

피식
그렇지. 김 선배 입장에선 가소로웠겠지. 나보고 많이 컸다더라.

그 김준식이란
선배…

어떤 사람이에요?
아까부터 계속
물어보고 싶었거든요.

…

옛날이야기긴 하지만
유명했지.

서울지방경찰청
강력계의 전설 같은
존재였어.

그땐 정말
대단했지.

이 바닥에서
그 사람만큼
검거율 높은 형사도
흔치 않았어.

살인, 납치 등
굵직굵직한
강력 사건에
준식 선배가
손만 댔다 하면
반드시 범인을
잡는다고 해서
'미다스의 손'
이라고 불렀어.
찰칵
거의 매년
표창을
받을 정도로
업무에 충실한
모범 형사였었지.

직폭력배 일제
반대로
조폭들 사이에선
'저승사자'라고
불릴 정도로
악명을 떨쳤어.

약 10년 동안
2천 명이 넘는 조폭을
검거할 정도였으니까.
팡
팡
증 2호
와, 장난
아니었네요.

그래. 워낙 힘이 좋고
3단 봉을 기가 막히게
잘 써서 조폭들
검거할 땐 이 양반이
항상 선두에 나섰어.
파
악

어? 김준 선배가
쓰는 그 3단 봉요?
휙
휙
맞아. 준식
선배가 준이한테
3단 봉을 가르쳤지.

아…

원래 준식 선배가
형사가 되기 전에
전국 검도 대회에서
우승할 정도로
검술 솜씨가
뛰어났었지.

그 덕분에
무도 특채된 것으로
알고 있어.
빠
악
무도 특채요?

아, 옛날엔 유도나 태권도,
검도 대회 입상자를
무도경관(기동수사대)으로
특채하는 경우가
제법 있었거든.

하여튼 싸움 실력도
대단해서 조폭 네 명과
맨손으로 붙어 순식간에
조폭들을 때려눕힌
전설 같은 무용담도 있었지.
헉
헉
헉
헉

에이, 거짓말하지
마세요.

허허, 이놈이.
진짜야.
우리 눈으로
직접 목격했거든.

하여간
그때까지만 해도
준식 선배는
후배들 사이에서
선망의 대상이었어.

좀 마초 스타일이긴 했지만
서글서글한 용모에 말솜씨 좋고,
호탕하고, 말술 잘 먹고,
잘 놀고…
엄친아네
후배들이 따를 수밖에 없는
호남아(好男兒)였지.

솔직히 성격은
좀 지랄 같았지.
안 그래?
크크!
뿅
뿅

암튼 그렇다 보니
여자들한테도
인기 만점이었어.
늘 여자가 끊이질
않았지.

우린 우스갯말로 준식 선배를
'연쇄사귐마' 라고
불렀어.
연,쇄,
사,귐,마?
크크크크!

그렇게 워낙 친화력이
좋다 보니,

조폭들 중에
오히려 김 선배를 믿고
따르는 경우도 생겼어.
준식 행님.
설렁탕 한 그릇
사주이소. 뱃가죽이
등 가죽이랑 고마쎄리
사귀겠다 아입니까.

알았다, 이 색히야.
곱빼기로 시키줄 테니까
많이 처묵어라.

나중엔 형 동생
하면서 친해지더라고.
그게 화근이었지.
?

강력 1반
4년 전 이맘때로
기억해…

내 먼저 퇴근한데이.
예.
먼저 들어가세요.

안 사장, 간만이네.
얼굴 까묵것다.
지금 어데고?
전부터 알고
지내던 조폭 출신
기업가로부터
전화가 왔었지.
얼굴이나 한번 보자고.

그때 말렸어야 했는데…
뭐, 우리가 말린다고
들을 사람도 아니었지만
말이야.

이 새끼는
뭐꼬?
파박
아, 김 형사.
내 성의를 봐서라도
좀 앉아봐.
나중에 들은
이야기에 따르면,
그 자리엔 선배가
담당하고 있던
사건 피의자가 앉아 있었대.

털컥
!
그 뒤는 안 봐도
뻔한 이야기지 뭐.

선배는 그 자리에서
바로 뿌리치고
나왔어야 했는데…

꿀꺽
그러질
못했어.

준식 선배는 그들로부터
성 접대 등 각종 향응과 함께
3억 원이 넘는 뇌물을 받고

사건 수사를 고의로
지연시켰지.
이봐, 준식이.
요즘 자네답지
않게 왜 이래?

김준식 경사님, 내사과입니다.
뇌물 수수 혐의로
당신을 긴급체포합니다.
!
하지만…
결국 그 사실이 드러나
옷을 벗고 교도소에
가게 됐어.

당연히 아시겠지만,
변호사를 선임할 수 있고요,
철컥
묵비권 행사할 수 있습니다.

당시 도의적인
책임을 지고 백 반장님도
사의를 표명했지만
윗선에서
사표를 반려했지.

뭐, 그렇게 서울청의
전설이었던 사람이
범죄자가 되어
우리 곁을 떠나갔어.
후읍
그 뒤론
서로 연락이 없었지.
면회를 가자니 것도
껄끄럽고.

5년 형을 받았다고
들었는데 조기
석방된 모양이야.
그러게.

그런데
김준 선배한테
꼬마신랑이라고
그러던데,
그게 뭐예요?

아, 그 사람이
김준에게 붙여준
별명이야.
꼬마신랑.

지금은 좀 징그럽지만,
김준이 예전엔 그 옛날 영화 〈꼬마신랑〉에
나오는 아역 탤런트 김정훈을 닮았거든.
하하.

슥
그 친구처럼 귀엽게
생기고 마음이 여려서
형사 생활 제대로 하겠냐며
지어준 애칭이지.

크크. 이른바
리즈 시절인가여?
리즈?

아, 또 이거 세대차
느끼네.
하하하.
크크!

전성기…?
황금시절?
뭐, 그런 뜻이에요.

현장 1팀
Crime Scene Team 1

…

남사스럽구로.
이 나이에
스티커 사진이
뭐꼬?
치아라, 마.
헹? 찍을 땐 오빠가 더
신나해놓고선.
크크크.

와. 신촌에
진짜 사람 많다.

이기서 우리 나이가
제일 많을 끼다.

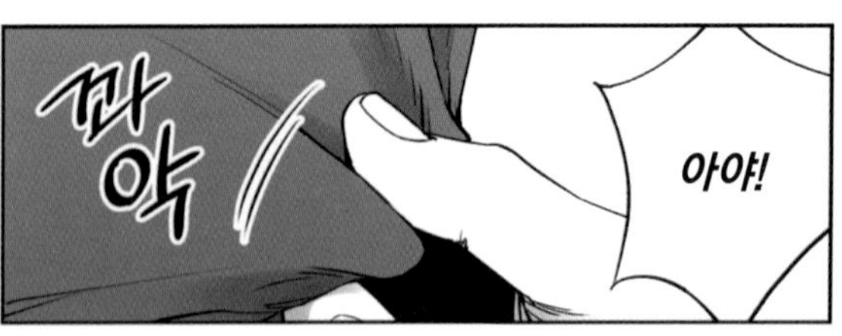
꽈악
아야!

아이고메.
가시나 손
참 맵네.
또
와 그라노?
분위기 좋은데
그만 소리
할래?

수키야.
응?

우리 이제
저기 갈 때
안 됐나?
?

모텔
하이파크

아놔, 변태…
휙
뭐라꼬?
니 지금 내한테
변태라꼬 했나?

그럼 변태를
변태라고 그러지
신사라고 그래?

가시나야.
애 좀 그만 태우고
들어가자.
니 내 노총각으로
늙어 죽는 꼴
보고 싶나?

쭈쭈,
그렇게 모텔 가고
싶었어용~?

으응.

카하하하!
미치겠다.
변태 노총각이지만
넘 귀여워!
짝
짝
짝
조용히 안 하나,
이 가시나야…

꺄~! 모텔 가고
싶어 하는
음흉한 강력계
변태 노총각이
쫓아온다!
이 문디
가시나!
니 잡히면
쥑이삔다!

까치 노래연습실

그런 만남이 ~♩
어디부터
잘못 됐는지~♪

♪ 난 알수없는
예감에 ♩
조금씩
♫ 바져들고
있을때쯤 ♪

꾹

넌 나보다 내 친구에게…?
빠
빠
밤
score
98
신인가수 탄생!
실력이 대단하시군요!

노래 와 끊노?

…
오빠 왜 자꾸 이 노래만 불러?

내 십팔번 아이가. 와 니는 싫나?
응. 김건모는 좋은데 그 노래는 싫어.

피식

와? 내를 니 친구한테 뺏길 것 같나?

쳇.
웃기고 있네.

그게 아니고…
김광석이
그러드라.
인생이란 게
노래 따라간다고,
그래서 싫어…

혹시나
오빠와의
인연이…

잘못된 만남이
될까 봐…

스윽

니 참 귀엽데이.

수키.

어이, 수키.
!

아, 네. 팀장님.
뭐해? 출동이야.
나가자고.
벌떡
예. 팀장님.

타
타
탁

강력계
강력계

멈칫
강력계

김준식 선배,
지금 사무실에
와 있어.
…

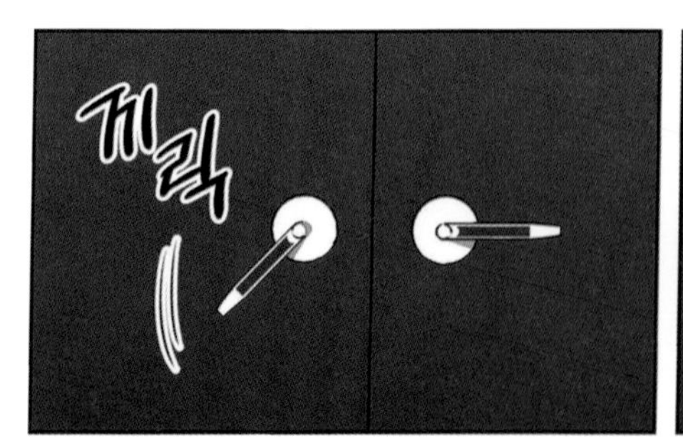
끼릭

끼익

여기까지
뭐하러 왔노,
힘들게시리.

많진 않지만 영치금
좀 넣어뒀다.
먹고 싶은 거
사 먹어.

그딴 거
필요 없다.
…

깜방도 돈 없으면
서러운 세상이야.
잔말 말고 써.
5년 받았다고 했지?
시간 금방 간다.
수양 쌓는다고 생각해.

…
7253

…

…
정숙

일 바쁘지 않나?
용무 끝났으면 얼릉 가라. 나도 이제 들어갈란다.

교도관님예. 여기 면회 끝났심더. 들여보내주소.
슥

오빠.
멈칫

왜 나한텐…
한 마디도 안 해?

미안해, 기다려줘.
그 두 마디 하기가
그렇게 힘들어?

기다려달라는 말
한 마디면…
나 오빠 나올 때까지
기다릴게. 진심이야.

피식

수키야.

내… 기다리지
말그래이.
나 같은 남자
뭐 좋다고
기다리노.

내 같은 건 잊고
좋은 남자 만나
잘 살그래이.

언젠가 니가 그래었제?
인생이 노래 따라간다고.

그 말이
맞는갑다.
니하고 난…
늦었지만 여기서
인연 정리하자.

고마 잘 가그래이.
그간 즐거웠다.

이 나쁜 새끼야!

이럴 거면…
이렇게 끝날 줄
알았다면…!
애초에
말도 걸지
말았어야지!

천하의
바람둥이 같은
자식…!

말해봐!
날 사랑하긴 한 거니?

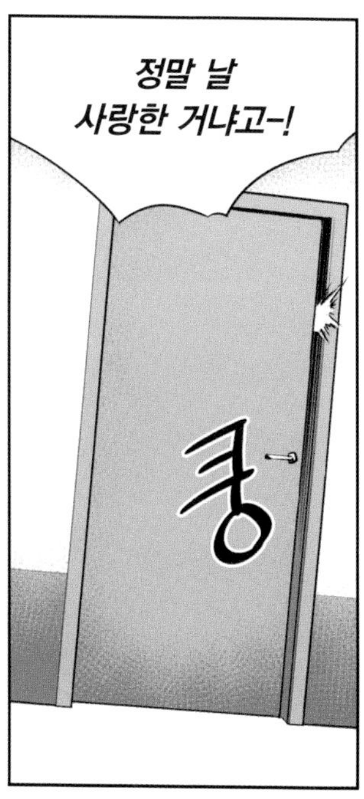
정말 날
사랑한 거냐고-!
쿵

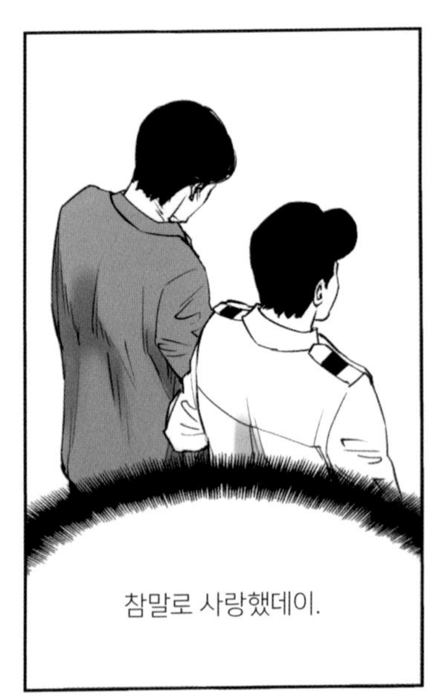
참말로 사랑했데이.

수키야.
그건 내 진심인 기라.

그러니까 서로 합의하에
성관계를 가졌을 뿐이라는
말씀이시죠?
협박은 없었고요.
타닥
타닥
당연하지.

어이, 꼬마신랑.

*경찰관직무집행법 제3조 제6항

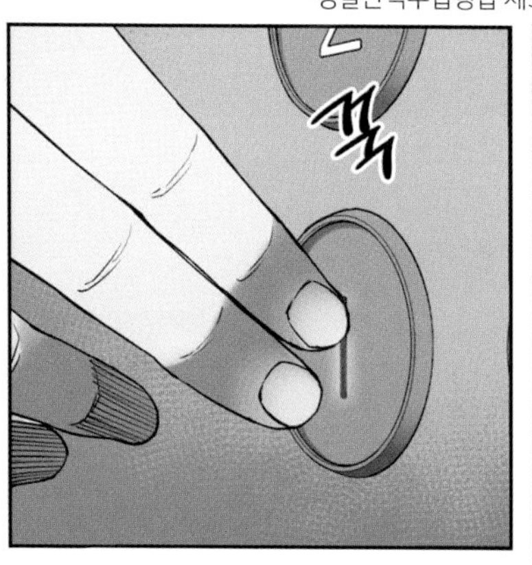

와, 문자라도 왔나?
탁
아뇨. 그냥 시간 봤습니다.

백 선배도 그렇고, 옛날엔 안 그랬는데 서먹서먹하네. 안 글나?

인생이란 게 좋아하는 노래 따라간다는 말이 갑자기 생각나네.

예?
절레 절레
아무것도 아이다. 그냥 혼잣말이다.

...

그나저나 제수씨는 잘 지내제? 딸아이 이름이 수아였던가, 갸는 학교 들어갔나?

지금은 혼자 지내고 있습니다.

와?
이혼했나…?

…그런 셈이죠.
뭐, 요즘 셋 중 하나는 이혼한다 아이가. 힘내라. 돌싱 꼬마신랑.

1
띵

혹시…
멈칫

옛날에 선배가 했던 말 중에 그거 기억나세요?

악인을 비난하는 건 쉽지만
이해하긴 어렵다.

그땐 솔직히 이해가
안 갔는데, 이젠 그 말을 이해할 수
있을 것 같습니다.
?
사람은 변하더라고요.
제가 이 일을 하면서
사람에 대해 배운 게 있다면,
누구나 범죄를 저지를 수
있다는 사실입니다.

아무리 선량해
보이는 사람도…

상황만 맞아
떨어지면…

누가 제대로
압력을 가하기만 하면,

동기만 제대로 주어지면,

딱 알맞은
순간이 오면…

악인,
즉 괴물이 되는 거죠.

언젠가
선배를 만나면
이 말을 꼭 하고
싶었습니다.
이젠 악인을
이해할 수 있다고
말이죠.

…

뭔 소리인지
모르겠다.
내가 그런
이야기도 했나?

번개탄 가스도 안 마셨는데,
와 기억이 없노?
피식
참말로.

악인을
이해할 수 있는
형사라…

꼬마신랑, 인자 다 컸네.
그리 말하는 거 보니
그간 니한테도 많은 일이
있었는 갑다.

니도 알겠지만, 짭새는 원래 남의 고통을 먹는 새 아이가?
이쪽 일이 다 그렇다.

남의 고통 먹다가 한계치가 오면 뒤지거나…
사표 쓰고 도망치는 수밖에 없제.

뭐, 가끔 내처럼 떡값 받고 사발 치다가 걸리는 병신도 있지만 말이다. 크크크.
씨발. 짭새 인생 별거 있나?

열심히 사냥감 쫓고, 여자한테 씨앗 뿌리고, 한 방 노리다가 재수 없으면 훅 가는 거지 뭐.
마, 동물의 왕국하고 별 차이 없다.

김 선배,
들어가세요?
어, 그래.

월급도 안 주는데
뭐하러 있노?
집에 가서 빈대떡이나
붙여 먹어야제.

아, 맞다!
딱

요 앞에 욕쟁이 할매집 아직도 있제?
거기서 기다리고 있을 테니
이따 건너온나.
내가 한잔 살게~
간만에 쐬주나 한잔하자.

전 바빠서 못 갑니다.
먼저 올라가볼게요.
저도 바빠서 이만.
살펴 가십시오. 선배.

…

아~ 색히들,
더럽게 바쁜 척하네.

솔직히 내랑 술 먹기 싫다고 그래라.
이 쌍놈의 색히들아.
어디서 같잖은 핑계를 대고
지랄이고, 지랄이.

우리
꼬마신랑은
올 거제?
네?

어떻게 될지 몰라서…
이따 연락드리겠습니다,
선배님.
그랴.

퍼뜩 오그래이.
내 기다린다.

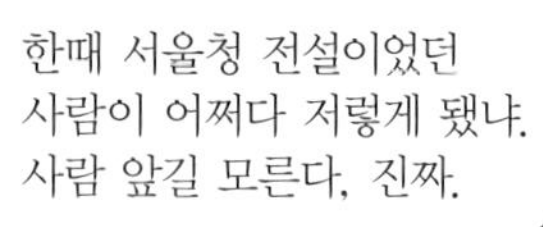
한때 서울청 전설이었던 사람이 어쩌다 저렇게 됐냐. 사람 앞길 모른다, 진짜.

그러게. 인생 참 허무하네.

끼익

척

준식 행님.
이제
나오십니까?
아침부터 목 빠지게
기다리고 있었습니더,
형님.

어? 달호.
니가 여긴 웬일이고?
오늘 가석방인 거
우째 알고 왔노?
아따, 행님.
학교 안에 다 소식통이
있다 아입니꺼.

일단 두부 좀
드이소.

덥석

…

어이, 달호.
진짜 고맙데이.
행님도 별말씀을 참.
저희 큰형님 봐주시다
이리 된 거 아입니까?
은혜는 갚아야지예.

근데 옛날 동료분들은
아침부터 코빼기도
안 보이네예.
사람들 참 인정머리 없다.
…

아이다.
여기
들어오면서
인연 다 끊었다
아이가.
알았다고 해도
다들 바쁘겠지.
아이고,
지가
말실수를
했나 봅니다.
용서해
주이소.
행님.

털컥
함께 어울렸던 것뿐인데
차에 타이소.
제가 오늘 목의 때
시원하게 벗겨드리겠심더.

그런 만남이 어디서 잘못 됐는지
!

와 그러십니까? 행님.
혹시 저랑 가는 게 마음에 안 드십니까?
난 알 수 없는 예감에
조금씩 빠져들고 있을 때쯤
아이다.

달호야.
넌 나보다 내 친구에게
예, 행님.

이제 같이 가자.

부우웅

부아아앙

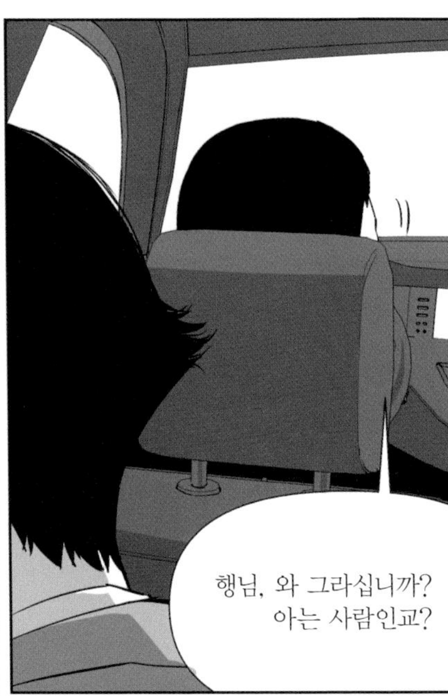
행님, 와 그라십니까?
아는 사람인교?

그, 글쎄.
아는 여자 같아서…

행님 걱정 마이소.
쭉쭉 빵빵한 가시나
셋 대기시켜놨다 아입니꺼.
오늘 한번 삼대 일로
진탕 놀아보십쇼.

…

욕쟁이 할머니집

치이이이익

타닥 타닥

띠링

메세지 도착
고기 탄다.
어여들 와라 ㅎㅎㅎ
설정
메뉴
저장

까똑

…

슥

김 형사,
어디 가?

아, 저…
가지 마.

준식 선배랑 똑같은 꼴 나고 싶어? 담당 사건 참고인이나 용의자, 밖에서 만나는 거 아냐.
저번 안 교수 건도 있었잖아.

안 가는 게 서로를 위한 길이야. 가지 마.
…

까똑

SKT
채팅
좀비
준식 선배. 미안하지만... 선배가 이번 사건 참고인이라 함께 식사하는 자리가 거북하네요. 다음을 기약합시다. 섭섭해 하지 말아요. 담당 사건 관련자와 식사하지 말라던 선배의 가르침대로 따르는 것뿐이니.
전송
전에 내가 그렇게 가르쳤나? 크크.

쪼르르
하여간 좀비 이 색히는 예나 지금이나 열라 까칠하네. 씹색히.

쭈욱

카~! 조타!
이 맛있는 걸 왜 안 묵으러 오노? 멍청이들.

응?

와! 이기 몇 년 전 낙서고? 이기 안즉까지 있네?
준식, 진호, 이우, 준! 영원히 함께 하자! 사랑한다 예쁜이들아~♥
ㄴ 호모임?
ㄴ 네분 이쁜사랑하세요 ㅋㅋㅋ
ㅅㅂ 동성애자들은 다죽어버려라!
근디 이 쥐좆만 한 새끼들이 뭐라고 씨부리노?

뭐라꼬? 내가 호모? 내사마 기도 안 차네.
똥꼬에 확 세탁비누를 쎄리 집어넣어뿔라. 개색히들.

이모님. 여기 사인펜 좀 갖다 주이소.

근데 욕쟁이 할매 안 보이시네예? 어디 편찮으십니꺼?

어머니… 1년 전에 돌아가셨어요.

아이고, 몰랐네.
죄송합니더.
따님이신가 보네예.
네.

옛날에 할매한테
욕 참 억수로
먹었는데…

그래도 그때가
좋았다 아입니꺼.

범죄심리
과학수사실

타닥
타닥

똑
똑똑
예, 들어오세요.

끼익
어머, 선배?
웬일이세요?

아, 저 다름이
아니고…

지난번 사건 때
취조 도와준 거…
빚 갚으려고…

오늘 저녁
괜찮으면
같이 식사나 할까?
뭐, 바쁘면
어쩔 수 없고…

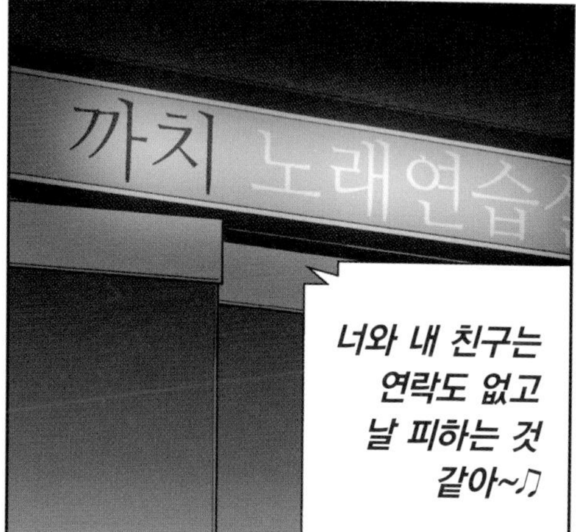
까치 노래연습
너와 내 친구는 연락도 없고 날 피하는 것 같아~♪

그제서야
난 느낀거야
모든 것이
잘못돼 있는걸

너와 내 친구는
어느새
다정한 연인이
되 있었지

있을 수
없는 일이라며
난 울었어
오빠 왜 자꾸 이 노래만 불러?

와?
내를 니 친구한테
뺏길 것 같나?

그게 아니고…
김광석이 그러더라.

인생이란 게
노래 따라간다고,
그래서 싫어…

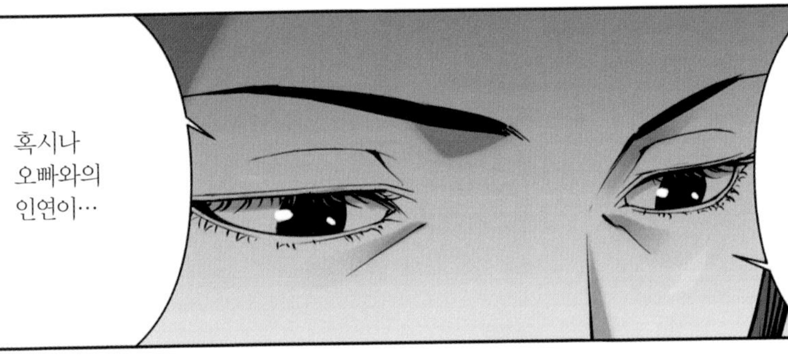
혹시나
오빠와의
인연이…
잘못된 만남이
될까 봐…

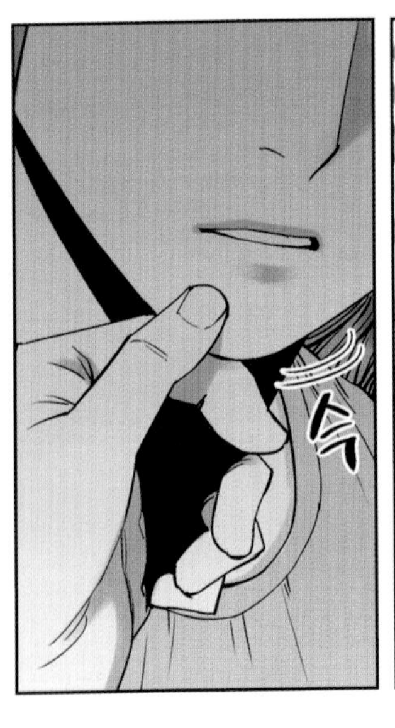

NS Yoon-G, "If You Love Me"

콰앙
야! 옆방!!

결혼하면
다 행복하게
살 것 같제?
지랄이라 캐라!

한번 살아봐라.
조또 내 맘대로 되는 게
한 개도 없다.
그기 인생이라는
괴물인기라, 니기미 씨발!
쿵짝
뭐야 븅ㅅ
쿵짝

가치 노래연
그라고 김준!
좀비! 진호!
이 새끼들아,
너거들이 내한테
이라면 안 되지!

맞나, 안 맞나! 앙!

왜 그래요?
…

아냐…
내가 뭘 잘못
들었나 봐.

가자고.
예.

뭐 먹을까?
중식? 한식? 양식?
전 아무거나 다 좋아요.

야, 이 개새끼야!
내가 틀린 말 했나?
주둥아리 있으면
씨부리봐라.
이 쌍노무 새끼야!

아니, 왜 우리 방에 와서 주정을 하냐고! 술 취했으면 집에 가서 조용히 잠이나 처자라고요.
주폭이네, 주폭.
뭐? 주정?

니 지금 내한테 주정한다 캤나? 이런 씨부랄 새끼! 이거 안 놓나!
손님, 이러시면 곤란합니다.

씨아

윽!
쿠
다
당

아저씨. 좋게 말할 때
그냥 가세요. 네?
진짜 재수가 없으려니까.
뭐? 재수?
니 지금 내한테
뭐라꼬 씨부릿노?

왕년에
내가 누군지 아…
비틀
쾅
비틀
얼씨구?
이 새끼들
봐라.

빨리 문 안 여…
어? 어…?

쿵

…

크크크…!

아, 씨발.
내사마 미치겠다.
술도 을마
안 빨았는데
나 와 이라노?

세월 앞에 장사 없다더니
내도 이제 늙었는 갑다.

후우

야옹

우짜다가…
내 신세가 요 모양
요 꼬라지가 됐노?

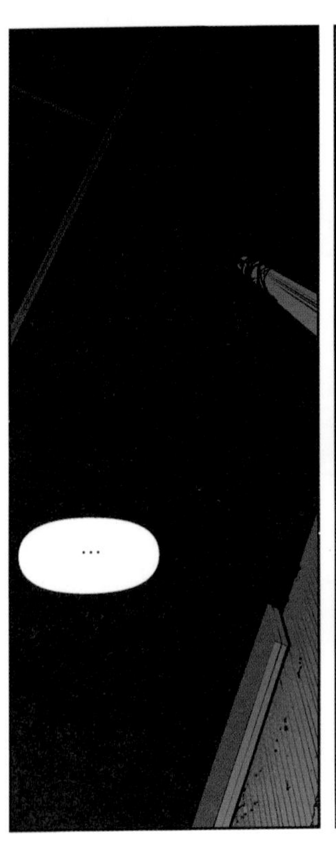
…

쭈 쭈
나비야,
이리 온나.

착하지. 얼릉 온나.
쭈쭈.

후다닥
얌마!
저런
개새끼(?)를
봤나…!

아, 씨발. 크크.
이젠 도둑괭이한테까지
외면받는 신세가?
좆또 씨발. 미치겠다 아이가.
크크크.

천하의
김준식이
와 이리 됐노?
으잉?

준식아,
주둥이가 있으면
핑계 좀 대봐라.
이 씨발놈아.
이 병신 같은
새끼야. 크크.

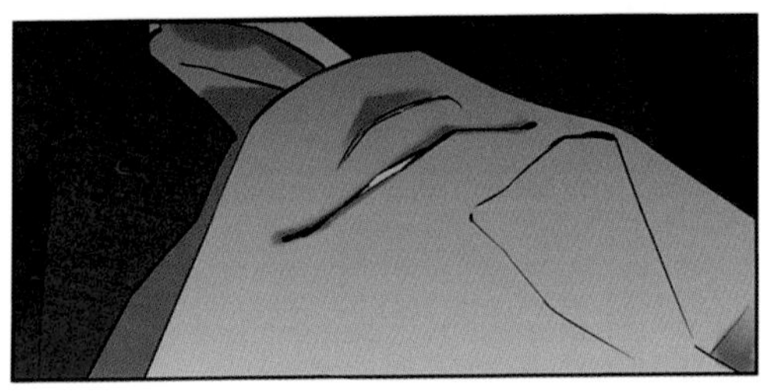

그래…

이게 다
그년
때문이야.

김진희, 씨발년.
이 좆같은 년…
죽여버리겠어…!

딩동~

이 밤에 누구지?
여보. 나 잠옷 차림인데
당신이 나가볼래?
응. 알았어.

누구세요?
택배요.

이 시간에
뭔 택배지?
잠시만요.

밤늦게까지 고생 많으시네요.
뭐가 왔…?

컥!!
휙

털썩

여, 여보…?

대답 좀 해봐.
자기야.
태, 택배 온 거
아니야…?

무, 무슨
일이야?

난 너를 믿었던 만큼
난 내 친구도 믿었기에

난 아무런 부담없이

!
널 내 친구에게
소개시켜줬고

그런 만남이
있은 후부터
카바레 괴물
수신 거절 메시지

여, 여보세요?

씨발년…
!

노래 딱 좋네.
툭 둑

덜
덜
덜

니하고 내는
잘못된 만남이다.
안 글나?

퍼어
꺄악!!
퍼억
와장창

커헉…!

좆같은 년,
오늘이 니 제삿날이다.

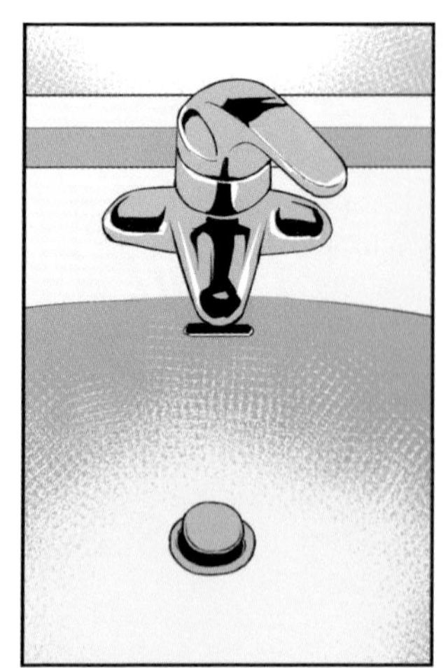

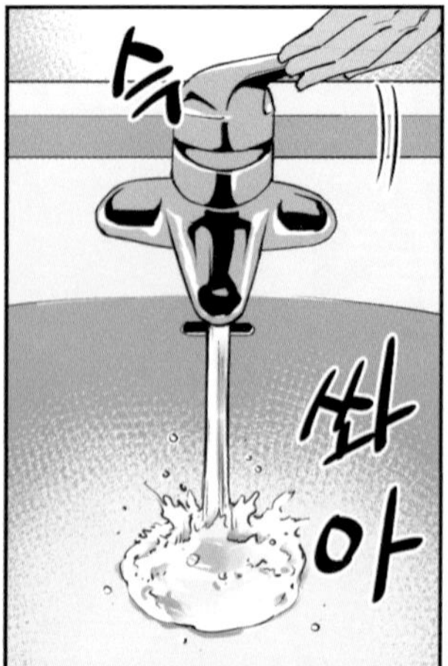
슥
쏴아

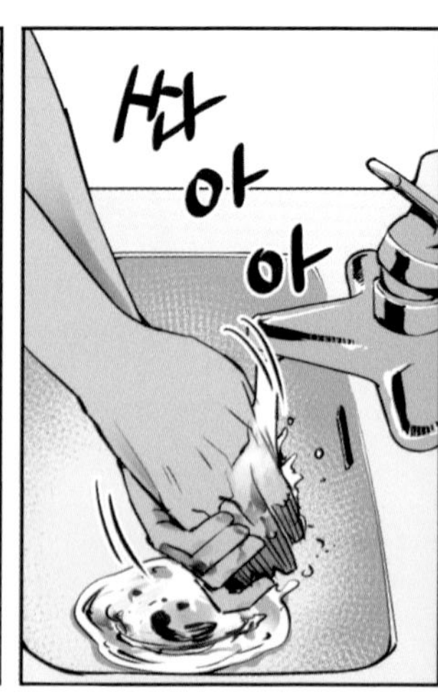
쏴아아

쿵

딩동

씨발. 이 시간에
누꼬…?

딩동
딩동
딩동

덜컹
뭐해
왜 빨리
문 안 열…
어?

아저씬
누구세요?

내? 내는
이 집 주인
친구다.
니는 누꼬?

전 이 집 주인
딸인데요?
아, 진희 씨 딸이가?
들어온나.
예쁘게 생겼네.

우리 엄마 아빠,
어디 갔어요?

욕실에요…?
욕실엔 왜요?
글쎄, 궁금하믄
한번 가봐라.

철컥
아, 지금
욕실에 있다.

엄마. 아빠랑
욕실에서 뭐 해?

퍼억

드르륵

우드득
스스슥슥슥
스윽

띵
B1

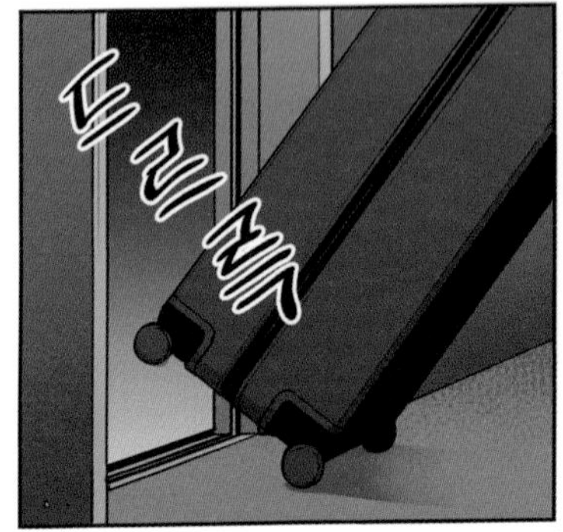
드르륵

꾹
꾹

삑

2014/12/06/ 01:24:53
철컥

2014/12/06/ 01:25:12

2014/12/06/ 01:25:43

텅

이제 두 번만
더 옮기면…!

오전 07:31

달칵

자기야.

또 언제
올 거야?

글쎄. 한 다음 주말쯤?
그때 다시 연락할게.
응.
후다닥
앗, 루비!
어디 가니!

자기야.
재 좀 잡아줘.
이리 오지 못해!
루비!
야, 루비!
이리 와.

거기서 뭐 하니?
어라, 재 뭐 먹나?

읏차
뱉지 못… 응?

이건 뭐지…?

촤아악

콰악

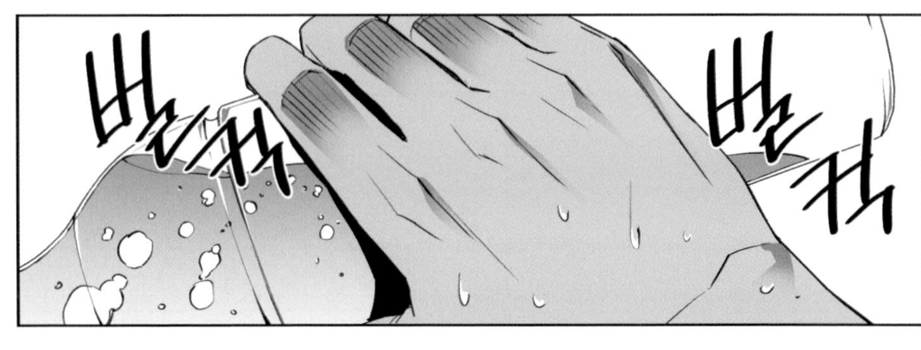
벌컥
벌컥

갑자기
날씨가 미쳤나?
와 이리 덥노?

과학수
POLIC
찰칵
찰칵

띵

드르륵

어떻게 된 거야?
아, 반장님.
비번 날 죄송합니다.

준식 선배 사건 피해자
가족이 모두 실종
상태입니다.
김준식이…?

연락을 계속
취하고 있지만
피해자 가족
모두 연락이 되지
않고 있습니다.

과수대에 따르면,
경찰
POLICE
복도와
욕실 곳곳에서
핏자국이 발견됐고,

특히 욕조 주변에서
집중적으로 핏자국이
발견된 것으로 보아
아무래도 살해 후 시신을
유기하기 위해 서둘러
훼손한 것 같습니다.

최초 신고자는
누구야?
이 옆집에 사는
주민입니다.
아침에 복도 핏자국을
보고 신고했답니다.

이거 준식이
소행이라고
생각하나…?

…

숙희 씨는 준식이 관련된 사실 모르지?
예.

그래, 준식이를 용의자로 단정 짓긴 아직 일러.

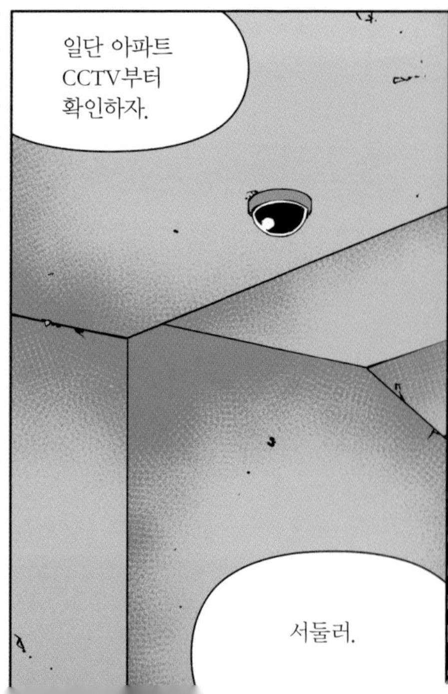
일단 아파트 CCTV부터 확인하자.
서둘러.

터벅
터벅

터벅
터벅
터벅
드르륵

어이, 준식이.

아, 덕재 할배.
오래간만이네예.
잘 지내시는교?
그랴. 니는 인자
고향에 아예
내리온 기가?

어데예. 부모님
뵈러 왔다
아입니꺼.
또 올라가야지예.

명절도 아인데 성묘를 다 오고. 요즘 사람 겉지 않게 예의 바른 젊은이네. 안 글나?

암, 효자지, 효자.
허허. 지가 뭘예.

이봐라. 잘생긴 효자.
허허
막걸리 한잔 묵고 가라.

아이고, 목말랐는데 고맙심더.

하 하 하

관리사무소
○○아파트

?

찾으시는 장면 나온 것 같은데요.
2014/12/06 01:21:03
어제 새벽 1시 20분경 803호 앞입니다.

저기, 형사님들. 여기 한번 봐보시죠.

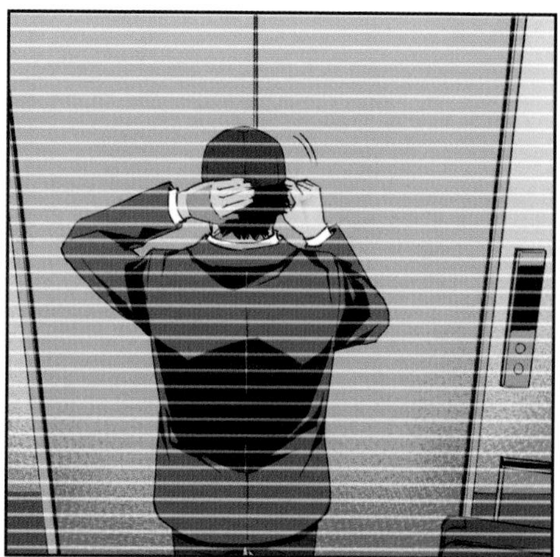

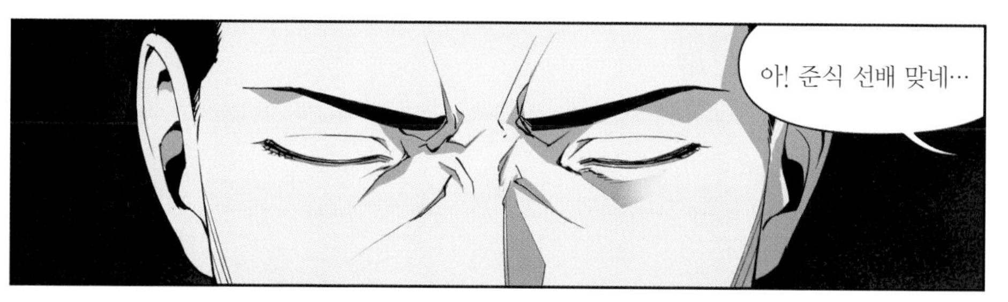
아! 준식 선배 맞네…

어쩌자고 이런 짓을…
슥
하아~

지이잉

그래. 송 형사.

뭐? 확실해?
SI

그래. 알았네.
그리고 김진희 씨 남편 명의
차량이 사라졌어.

차량 수배하고,
그리고 김준식이…
유력 용의자로
특정 짓자구.
그래. 이만 끊겠네.

…

사

경찰
POLICE

지, 지금…
김준식 선배 특정하라는 말…

CSI
제가 잘못 들은 거죠? 그렇죠?
…

…

마, 말도 안 돼…
털썩

마주 치는
눈빛이~

다방

고마 가만있어 보라
안 카나.
할배요.
그만 좀 주물럭대소.
쪼물락
ㅋㅋ

오빠야~♥

내 두 시간만
티켓 끊어주면
안 되겠나?
내 오빠랑 오늘 찐하게
연애하고 싶다.

티켓?
한 시간에 얼만데?
시간당 9만 원.

9만 원? 뭐가
그렇게 비싸노?

오빠야, 원래는
한 시간에
10만 원이다.

오빤 내가 마음에 들어서
디씨해주는 기다.
싫음 말고.
난 너를 믿었던 만큼

…
난 아무런
부담없이

난 내 친구도 믿었기에
수신 거절 메시지

왜 전화 안 받나?
널 내 친구에게 소개시켜 줬고
응. 안 받아도 되는 전화다.

그런데 오빠, 김건모 좋아하나?
그런 만남이 있은 후부터
나두 읎스로 좋아하는데.

우린 자주 함께 만나며
즐거운 시간을 보내며
글나?

내도 억수로 좋아한다 안 카나.
스윽
함께 어울렸던 건 뿐인데~

꺄악!
그런 만남이 어디부터 잘못됐는지
수신 전화
꼬마신랑 김준
수신 거절 메시지
이 오빠 갑자기 와 이러노…? 어머, 어머, 깔깔!

고객이 전화를 받지 않아
삐 소리 이후
음성 사서함으로
연결됩니다.

전화 안 받네요.
탁

김 형사. 준식 선배 집
어딘지 기억나지?
예.

…

송 형이랑 같이 지금 가봐.
나랑 덕우는 본청 들어가서
차적 조회하고 영장
받아놓고 갈께.

그랑프리 모텔

덜컹

야, 여기서 자지 말고 가라.
삑
오빠야. 나 졸린데 한 시간만 더 끊어주면 안 되나…?

하, 내 돈이 썩어나나?
치익
툭
개소리 말고 꺼지라, 이년아.

…

왜 갑자기
욕을 하고
지랄이야?
기분 나쁘게.
씨발…

뭐라꼬?
지랄…?

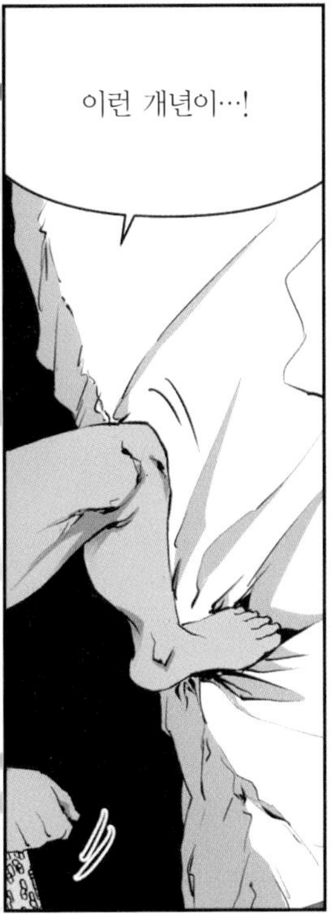
이런 개년이…!

!

빠악

악!
우당탕

스윽

씨팔! 어디서
주먹질…!?

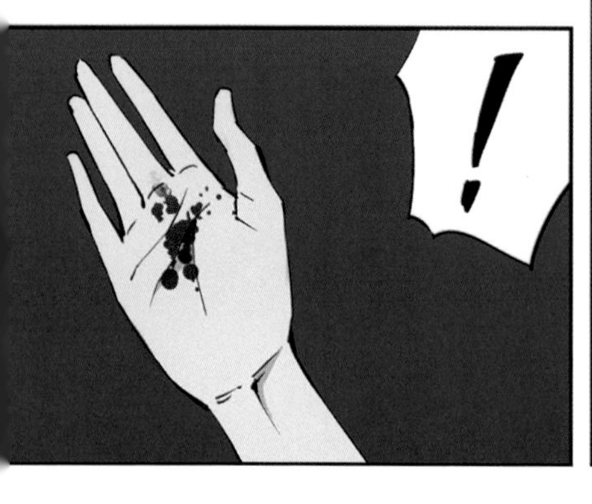
!

!!

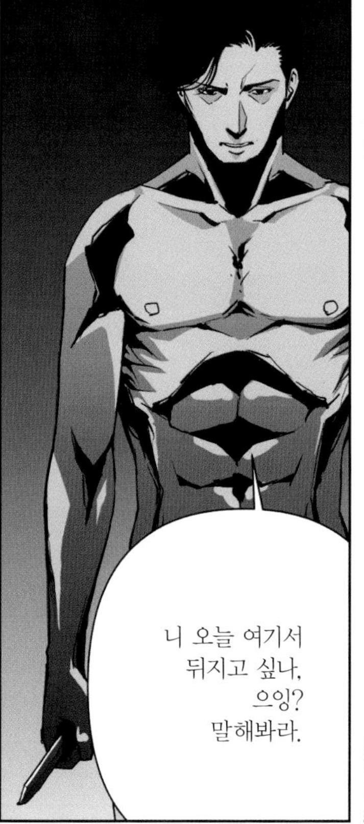
니 오늘 여기서
뒤지고 싶나,
으잉?
말해봐라.

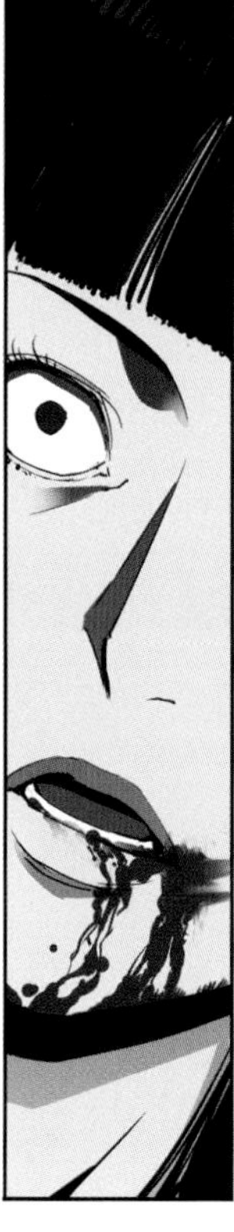

아, 아입니더.
제가 실수했심더…
마 용서해주이소.

덜덜
덜덜

후우

가라, 씨발년아.
내 마음 변하기 전에 퍼뜩.

후다닥

쿵
달그락

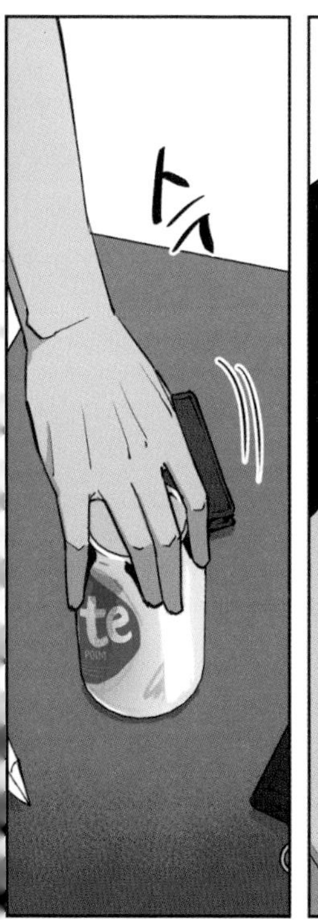
스스

벌컥 벌컥

크으...

경찰은 19일
00동에서 발생한
중년부부 살해 사건
범인으로 딸 김 모 양의
전 남자 친구인
박 씨를 검거했다고
밝혔습니다.

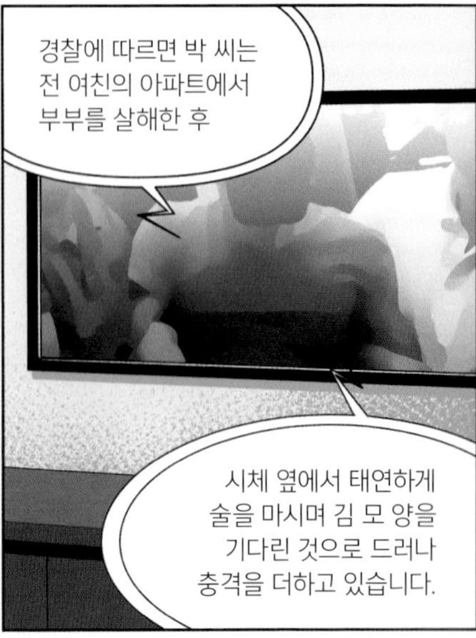

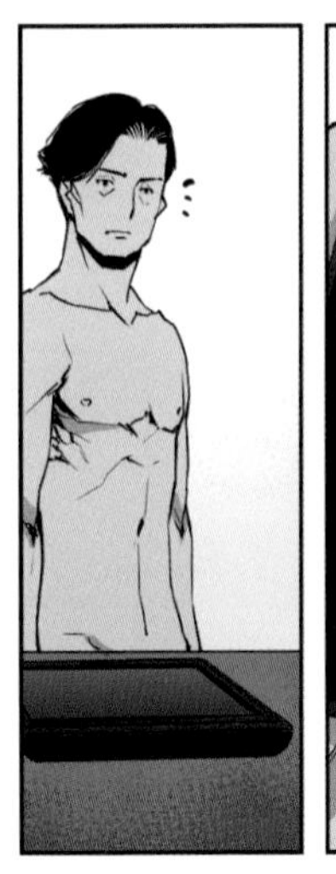

삼
화
빌
라

CSI
CSI

…

?

선배님,
이거 한번 보시죠.

개개비 검색
슬라이드 쇼
굽기
새 폴더
IMAGE 002
IMAGE 003
IMAGE 004
IMAGE 006
IMAGE 007
IMAGE 008
IMAGE 010
IMAGE 011
IMAGE 012
IMAGE 018
김진희 말고도
나체 사진 찍어서 협박한
여자들이 제법 되나 본데요?

USB에 여자들
나체 사진들만 따로
모아놓았네요.

나보고 의심 많은
돼지 새끼
어쩌구 하더니…
어우, 짜증 나.
…

…

지이잉

탁
!

박 선배.
준식 선배한테
전화 왔는데요?
뭐…?

잠깐만.
김준식이
이쪽 떠보려고
전화한 걸 거야.

그냥 평상시대로 받어.
티 내지 말고.
예.

예. 김준입니다.
선배님.

어, 그래.
꼬마신랑.

아, 어제 일이
마음에 걸려서
전화드렸습니다.

아까 전화
못 받아서 연락했다.
무슨 일이고?

어제 많이
속상하셨죠?

어디냐고 물어봐.
아이다. 일하다 보면 그럴 수 있제. 뭐, 니는 별일 없나…?

예. 이쪽 일이 다 그렇죠.
선배님 지금 어디세요? 댁이세요?

아이다. 지금 외출 중이다.
와?

어제 일도 있고 해서 한번 뵀으면 해서요.

내도 보고 싶은데 어쩌지? 지금 멀리 있다. 오늘은 좀 힘들겠는데.

네. 그럼 할 수 없죠. 조만간 전화 한번 주십시오. 제가 술 한잔 사겠습니다.

그랴. 잘 지내라. 꼬마 신랑.
전화 줘서 고맙데이.
예. 들어가십시오.

치익

김준, 이놈아도
능구렁이가 다 됐네.

마, 좆나게 헷갈리네.
모르는 기가,
모르는 척하는 기가?
참말로.

준식이 그놈이
자수할 녀석은
아니야. 그치?

자수할 놈이었으면
애초에 그런 짓을
저지르지
않았겠지…

강력 1반
전화 발신지 위치 추적해.
그리고 출국 금지 요청하고
공개 수배하자.
…

우리가 알던
그 김준식은 5년 전에
죽었어.
이젠 살인 용의자일
뿐이지.

사적인 감정을 업무에
연결시키지 말게.
그럼 더욱 힘들어져.
예, 반장님.

끼익

탁

ELA

근디 이기
영업 상무가
아직도
돌구가?
네?

이석구라고
모르나?
아,
저희 가게
사장님
이신데예.

아, 석구가
이기 사장이가?
그놈아
마니 컸네.

서울에서
저승사자가 왔다 캐라.
그럼 알 끼다.

실례지만
누구십니꺼?

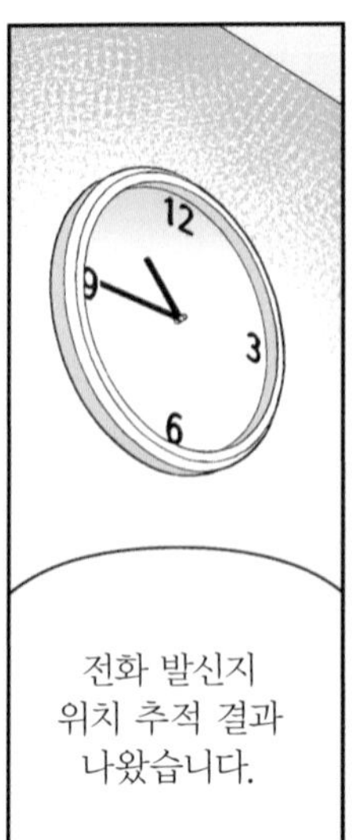
전화 발신지
위치 추적 결과
나왔습니다.

어디야?
부산 쪽입니다.

차량 동선
추적 결과도
나왔습니다.

오늘 아침에
부산 톨게이트를 지나는
김진희 씨 남편 차량도
확인했습니다.

준식이 고향이
부산이지?
예.

흠.
느낌이
안 좋은데…

혹시 일본으로
밀항하려는 건
아닐까요?
밀항요?

충분히 가능성 있는
이야기야.
막장에 다다른
범죄자들의
최후 수단이지.

해경에 협조 요청하고
당장 부산으로 내려가게.
부웅

ELA

지금 당장은
곤란합니더, 행님.

와?

물짭새(해경)들 눈도 있고,
믿을 만한 똘똘이 섭외하려면
시간 좀 걸립니다.
그라고 최소
1,500은 줘야
일이 성립됩니다.

배 한 번 타는데
뭐 그리 비싸노?
참말로.
쭈욱

참 행님도~ 저희만 먹습니꺼?
저쪽 애들도 반띵 해줘야 되고,
상납도 해야지예.
잘 아시지 않습니까?
…….
탁

알았다.
그럼 타기 전에
반 주고 도착해서
반 줄게.

와 이러십니까?
행님.
피식
이 바닥 얄짤 없십니더.
대통령 할애비가 와도
밀항하려면 100프로
선불입니더.

끼익
경찰
POLICE

3508?
저거 수배된
번호 아냐?

그래?
한번 확인해보자고.
52가 3508

상황실,
차량 번호 52가
3508 조회 바람.
치이익

52가 3508

부산해양경찰서
Busan Coast Guard Korea

외사계
외사계

뭐, 어느 정도 아시겠지만…

밀항은 제보 없으면 검거하기가 힘듭니다.
전엔 화물선에 몰래 태워 밀항을 많이 했는데, 요즘엔 주로 똘똘이를 쓰거든요.

똘똘이요? 그게 뭐죠?
'소형 고속선'을 뜻하는 은어입니다.

시속 70km 이상 나오는
소형 고속선을 타고
부산서 규슈(九州)북부까지
쏘는 거죠.
총알택시처럼요.

끼이잉
여기서 일본까지의
거리는 약 200km.

일본 연안서 다른 어선으로
갈아탄다고 해도 밀항에
걸리는 시간은 불과 네다섯
시간이면 충분합니다.
예, 반장님.

또 밀항은 대부분
승선 직전에 돈을 주고받는
현장 거래라서…
앞서 말한 대로 첩보가 없으면
포착하기가 거의 불가능하다고
봐야 됩니다.

이미 밀항했을 가능성도
염두에 둬야겠네요?

그렇죠.
제대로 아다리
맞았으면 이미
물 건너갔다고
봐야죠.

저기, 반장님한테
전화가 왔는데.

해운대
0동 ELA 앞에서
김진희 남편 소유의
차량이 발견됐대.

어, ELA요…?
거기 이사장파 업소인데?

예. 이석구라고,
거물급 밀항
알선책입니다.

이사장파요?

부산에는 현재
이사장파와
박사장파,
이렇게 양대 밀항
알선 조직이
있는데요,

스윽
특히 이석구는
부산에서 나가는
화물선 선원들을 점조직으로
활용해 조직을 국제화하려는
움직임까지 보이고 있어
요주의 인물로
수배된 상태입니다.

일본 야쿠자와도
연계됐을 가능성이
높다고 봅니다.

현장 1 팀
Crime Scene Team 1
철없는
마음으로
사랑을
나누었지

010-383-XXXX
수신 전화
수신 거절 메시지

?

여보세요?
저, 이숙희 씨 핸드폰 아입니까?

맞는데요. 실례지만 누구십니까?

하, 간만이네.
?

내 김준식이다.
수키야.
…!!

잘 지내나…?
…예.

결혼은 했나?
아뇨.

안즉도 결혼 안 했나?
집에서 뭐라 안 하나?

…

간만에
통화하려니까
쑥스럽네.

며칠 전에
거기 갔었는데…
예…
송 형사한테 왔었다는
이야기 들었어요.

아, 그래?
그 말고 별다른
이야기는 없더나?
무슨 이야기요?

아이다. 없으면 됐고.
저기…
수키야.
내 급전이 필요해서
그런데, 한 3,000만 원만
땡겨줄 수 있나?

사람 하나 살리는 셈
치고, 좀 부탁할게.

예. 지금
신고하고
있잖아요.
화장실 갔다 온 새
휴대폰을 도둑
맞았다니까요!

예. 김진희 씨
남편 소유
차량이 맞습니다,
반장님.

?
52가

52가 3508
스윽
스크래치 자국…?

저희는 차량 근처에서 잠복하면서 일대를 탐문하는 방향으로 수사를 진행하겠습니다.
네. 알겠습니다. 수고하십시오. 반장님.

트렁크 쪽 차체에 스크래치 자국이 나있는데요. 바퀴에도 흙이 묻어 있는 걸로 보아 야산 등에 시신을 유기하지 않았나 싶습니다.
그래? 어디 한번 봐봐.

뭐 건진 거 있어?

알았어. 좀 이따가 전화할게.
뭐, 3,000만 원…? 그래서?

갑자기 무슨 소리야?
누가 아퍼?
아니, 숙희 전화인데,
방금 전에 준식 선배한테
전화가 왔대.

3,000만 원만
빌려달라고.
!

헐. 3,000만 원이나요?
도피 자금 구하는
모양이네요.
그래서 뭐라고
대답했대?

갑자기 전화받아서
당황하는 새에
나중에 다시
전화한다면서
끊었대.
수키
울던데…

해외에서 국내
은행 계좌에 입금된 돈
바로 찾을 수 있나?
못 찾을 겁니다.
시X은행이던가…
거긴 해외서 출금 가능한
카드가 따로 있다고
들었습니다만.

그래? 그럼 시X은행과
타 은행 해외계좌로
쏴달라는 거 아니면
아직 부산에
있다는 소리네.
그렇지?

잠깐만.

좋아. 덕우랑 김 형사는
여기서 잠복하고
나와 송 형은 일대 PC방과
사우나, 모텔 탐문해보자고.
예.

그리고 수키한테는 김준식이
다시 전화 걸어오면 일단
만나서 이야기하자고 시켜.
입질 오나 보게.
알았어.

자, 핸드폰 주시고.

슥

아저씨. 핸드폰
한 대에 10만 원이면
너무 짠 거 아닌교?
이거 완전 최신폰
같은데.
쳇.

꼬우면 신고를
하시든가.
부앙

뭐 저딴 자식이
다 있노…?
참말로.

서울 00동 일가족 실종 사건을 수사하고 있는 경찰은 유력한 용의자로 전직 경찰공무원 김준식 씨를 공개 수배했습니다.
마을회관
현장에 중계차 나가 있습니다.
후루룹
정기선 기자! 경찰이 용의자의 신분을 공개하고 본격적으로 검거에 나섰군요.
덕재야. 이기 와서 TV 좀 보거래이.
와요? 행님.
예. 경찰은 오늘 오전, 00동 아파트 일가족 실종 사건의 용의자로 지목된 전직 경찰 김준식 씨를 공개 수배했습니다.
그… 저번에 성묘 왔던 잘생긴 효자 말이다… TV에서 갸가 살인자라 안 카나?
경찰은 용의자 김 씨에 대해 현상금 300만 원을 걸고, 실종 가족과 김 씨의 사진이 담긴 전단지를 배포했습니다.

준식이가 살인자라고예? 형님도 참, 그게 뭔 소리인교?
TV 함 봐바라. 내도 안 믿기가 그란다 아이가.

경찰은 수배 전단지에서 김 씨가 185cm의 건장한 체격에 경상도 사투리를 잘 쓴다고 밝혔습니다.
봐라. 자가 갸 맞제?
갑자기 공개수사로 전환하게 된 배경은 무엇인가요?
예. 경찰은 김 씨를 조기에 검거해 신속히 수사를 마무리하기 위해 공개수사에 나섰다고 밝혔습니다.

300…
그 착한 아가 살인자라꼬…? 마, 말도 안 된다.

…
경찰은 일가족이 실종된 당일 새벽에 찍힌 아파트 CCTV와 압수수색 결과 등을 종합해 볼 때 김 씨의 범행이 유력한 것으로 보고 있습니다.

또 실종된 일가족 명의의 차량을 타고 용의자의 연고지인 부산으로 향한 점으로 미루어볼 때 밀항을 시도할…

ELA

ELA
HYUNDAI

저벅
저벅

olleh
트윗
서울지방경찰청
@policelove
경찰이 경찰을 잡으러 다녀야 하다니…ㅠㅠ 00동 아파트 일가족 실종 사건의 용의자의 수배전단이 나왔습니다. 범인을 잡기 위해선 여러분들의 도움이 절실합니다. 무한RT!
.com/d5ihly

저벅
저벅

!!

서, 선배님…!
?

저기, 저기. 김준식…!

!
우리 둘밖에 없는데 어떡하죠?

그래도 잡아야지. 내려.
선배들한테 연락하고.

탕

탕
!!

실망입니다. 준식 선배.

피식
제기랄…

파아악
!
거기 서!
촤아악
덕우, 차 타고 따라와!
넵!
타닷
촤아악

하악
헉
헉
허억.
타다닥
헉.
서라!
타다다닥
탁
휘익

!
휘익
턱
!

빠앙
콰앙
끼긱
콰콰콰콰
아이고…
덜덜

으윽…!
죄송합니다.
괜찮으세요?

쯧쯧, 많이 다치셨네…
그냥 누워 계시죠.

119 부를게요.

타탁

젠장…
비켜!
이 새끼야!
퍽
어이쿠!

도… 도둑이야!
부앙
멈춰!
부아앙
부웅
탁

터억
휘청
덥썩
치이이익
이거 안 놔!

놓으라니까!
이 새끼!

퍼억

쿠당탕

빠아앙

제길!
툭
툭

끼익

선배님!
덜컹
!

부아앙

박 선배,
어디세요?

지금 준식 선배 쫓고 있는 중입니다. 유창맨션 앞 교차로 방면입니다!
택시 타고 가는 중이야. 어떻게 됐어?
알았어. 부산 시경에 지원 요청할 테니 계속 쫓아.
모든 순찰차는 들어라.
끼이익
애애애앵
현재 긴급 수배 용의자가 탄 오토바이가 센텀초등학교서 광안대교 우동 분기점 방향으로 도주 중!
헐… 뺨 맞고 오토바이 도둑맞고…

애
애
애
앵
부앙
삐요 삐요
씨발, 내 인생
종 쳤네.

부아앙

당신의 생명

찌이익

…!?
훌쩍

이리 와!
덥썩
왜…
왜 이러세요!

꺅!!
끼익

덜컥
철컥
덜컥
철컥
꼼짝 마!
POLICE 경찰

그 여자 놔줘!

사, 살려
주세요…!
다가오지
마라!

더 다가오면
이 여자 붙잡고
뛰어내릴 기다.
참말이다!

일단 다들
물러서라고
해.

모두
물러
서세요!

준식 선배.

지금이라도
늦지 않았습니다.
그 여자 놔주고
같이 가시죠.

피식

재미있네.

네? 뭐가 재미있다는 말씀이죠…?
지금 상황 말이다. 강력계 형사였던 인간이 경찰들에게 둘러싸이다니.

아, 내 경우는 재미있다기보다는 아이러니하다는 표현이 더 맞겠네. 글치 않나?
…

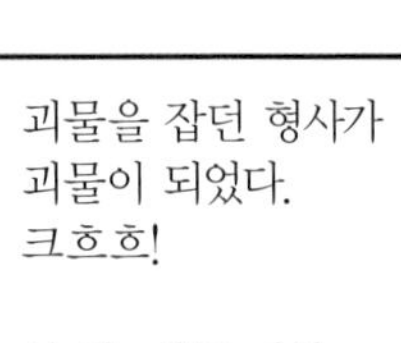

괴물을 잡던 형사가 괴물이 되었다. 크흐흐!
이 말, 신문 기사 타이틀로 따악 좋네. 기자들한테 꼭 전해줘라.

솔직히 말씀하시니 저도 속내를 털어놓겠습니다.

한때 당신이 내 롤모델이었는데… 실망이 큽니다. 선배.

…

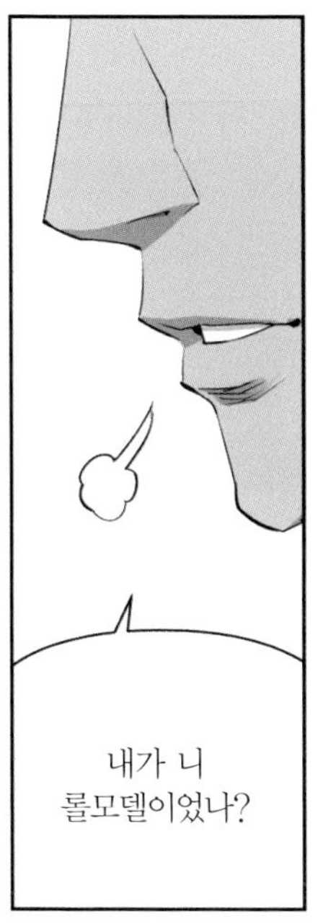
내가 니
롤모델이었나?

미안하다.
누구나 '어쩌다가'
지금의 내가 되지…

준아,
사실 그 말
기억하고 있었다.
?

악인은 비난하기
쉬우나 이해하기
어렵다는 말…

내가 했던
이야기 중에 제일
그럴싸했다 아이가.
근데 그거…

도스토옙스키던가?
《죄와 벌》 작가 말이다.
그 양반이 한 말이야.
크크.

솔직히 니가 그 말
했을 때 뜨끔했다.
그때… 이미 난
악인을 이해하고
공감할 수 있는
입장에 서 있었거든.

사실 형사나
악인이나
종이 한 장
차이라고
생각한다.
?

니도 알겠지만, 내가 쫓고 있는
악당보다 더 똑똑하고 거칠고
교활하다고 믿지 않으면
그 바닥에서 버텨낼 수가 없어.
그러다 보면 나도 모르게
괴물로 변해버리고
마는 거지. 악인보다
더 거칠고 교활한 괴물…
비겁한 변명이긴
하지만 말이다.

김진희 일가족
말이다.

부모님 산소 옆에 유기했다.
그 근처 잘 찾아보면 달호라고
건달 놈도 하나 찾을 수
있을 기다. 갸는 묻은 지
한 1년 됐나.
!!

다가오지 말라
안 했드나!
!

내 말 안즉
안 끝났다 아이가!
가만히 있거래이.

수키한테 추한 모습 보여서
미안하다고 전해주라.

그리고 준아.

쪽팔리지만…
진짜 사랑했다고
전해주고.

서, 설마…

잘 있거래이.
꼬마신랑.

스윽

탁

안 돼!
화악

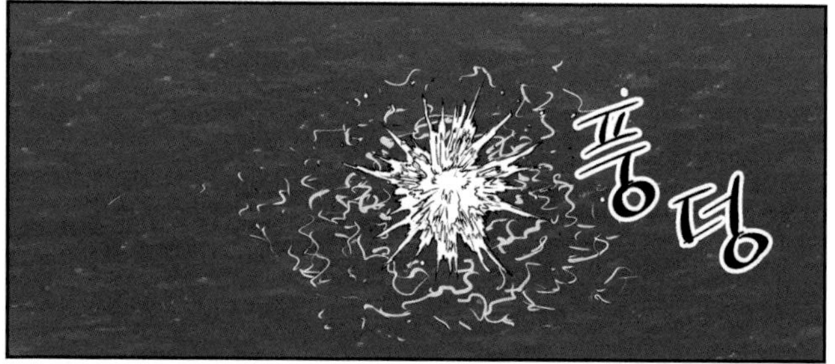
풍덩

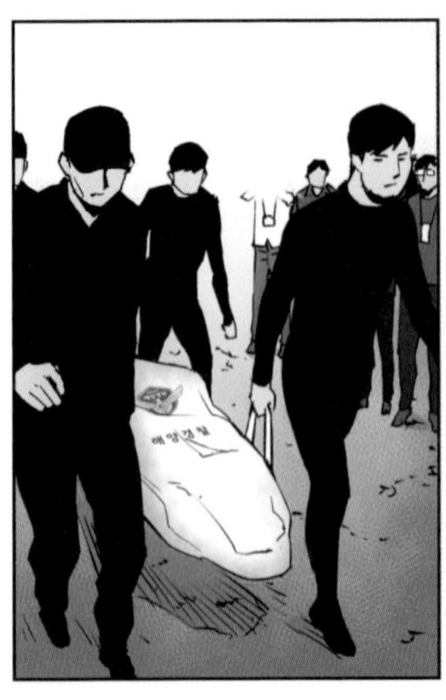
해양경찰

과학수사
POLICE
과학수사
POLICE

…

며칠 후
Tea

본인 입으로 그렇게 괴물이 됐다고 이야기를 해요?
응.

그게 좀 마음에
걸리더라고.

흠. 글쎄요.
우스갯소리로
강력계 형사들 보면
조폭을 닮아 간다는
말이 있죠. 부부가
서로 닮아가듯이
말이에요.

응. 그게
준식 선배 말과
무슨 관련이
있나?

모든 작용에는
똑같은 힘의 반작용이
존재한다.
물리학의 법칙이죠.
우리가 심연을 들여다보면
심연도 우리를 들여다본다.
이런 진부한 이야기들 있잖아요.
이게 진부한 명언이 된 건 진실이기
때문이에요.
우리가 어둠 속으로 들어가면
어둠도 우리 안으로 들어와서
자기 몫을 가져가게 돼 있어요.

어쩌면 김준식이라는
그 선배는 어둠 속에
너무 자주 들어갔던
건지도 모르죠. 그래서
길을 잃어버리고
그들과 같은 괴물이
되어버린 건지도요.

…

인쇄 스크랩 글꼴 +

경찰, 토막 살인마 잡고도 놔줘.

임의동행 시 6시간 내 풀어줘야.

경찰 '어설픈 수사' 도마…, 추가 범행 빌미 줘.

기사원문 0

협박 신고를 받고 수사에 나선 경찰이 살인범을
이 범인이 곧바로 자신을 신고한 주부와 그 일가
서울지방경찰청 강력계는 지난 13일 협박신고를
서울 00동의 한 빌라에서 김 모 씨를 붙잡았다.
경찰은 김 모 씨를 경찰서로 임의동행했으나 끝
오후 6시께 풀어줬고, 김 모 씨는 풀려난 즉시 재
그 일가족을 잔인하게 살해했다. 이후 김 모 씨는

임의동행 맹점, 신중하지 못한 수사

이런 경찰 수사과정에 대해 전문가들은
"경찰의 신중하지 못한 수사가 범인으로
하여금 일가족을 서둘러 살해하게
했다"고 지적하고 있다.

어이, 수키.
퇴근 안 해?
11시가 넘었어.
!

시간이 벌써
그렇게 됐나요?
같이 가요,
팀장님.

멈칫

좋은 꿈 꿔.
오빠.

제8화 「잘못된 만남」 끝

The 8th Episode.
"Wrong encounter"
END

to be continued...
The 9th Episode "The Terror Live Show『HERO』"

누구도 '악'이 악하기 때문에 선택하진 않는다.

자신이 찾던 '행복' 또는 '선'이라 잘못 판단할 뿐이다.

메리 셸리 (소설『프랑켄슈타인』의 작가)

Episode 9.
The Terror Live Show『HERO』

퍽
니 죄를 아니까
뒈지라고,
개년아.
아악!

?

야, 너! 뭘 봐?
뭘 보냐고!

뭘 보냐고,
이 새끼야!

살려주세요!
아저씨!

이
씨발년이!!
퍽
퍽
악!

야! 꺼져,
꺼지라고!

맞고 꺼질래?
그냥 꺼질래?

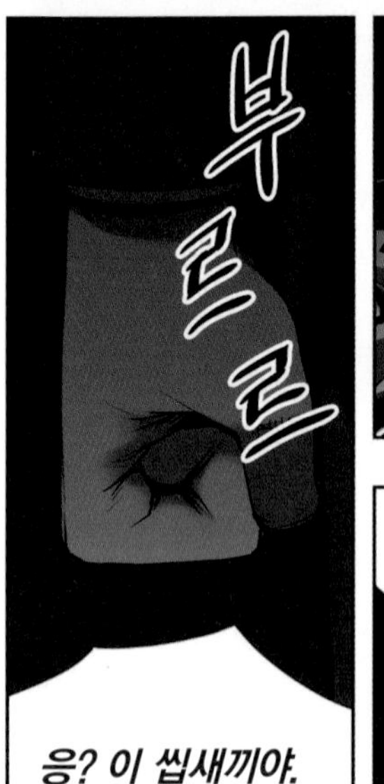
부
르
르
응? 이 씹새끼야.
대답해봐.

터벅
터벅
크크크.
뭐야? 저 병신.

그냥 가면 되지,
왜 사서 욕을 먹냐.
크크크.
씨발 열 받는데
쫓아가서 팰까?
크-

지랄. 열 받으면
혼자 가서 패보든가.
터벅
터벅

잉? 나 혼자 어떻게?
흩어지면 죽고
뭉치면 산다.
몰라?
우뚝

변명 보소. 크크크.
겁나면 겁난다고
말해, 병신아.
슥

응, 공부 좀 더
하다 들어갈게.
크크.
빨리 찍어.

어이, 너희들.
?

좋게 말로 할 때
그 여자를 놔줘.
!!

배트맨? 칫!
웃기고 있네. 그래,
어디 우릴 막을 수
있으면 막아봐라.

크크.
이거 완전
개웃기네.
덤벼, 덤벼.

파앗

쿵

따다닷
이 새끼,
죽어!

파앗

!

콰직

콰앙

쿠
당

!

마,
말도 안 돼…

투
투
툭
?

으아악!
!

튀, 튀어!
척

부웅

스걱

투둑

타다다닥

착

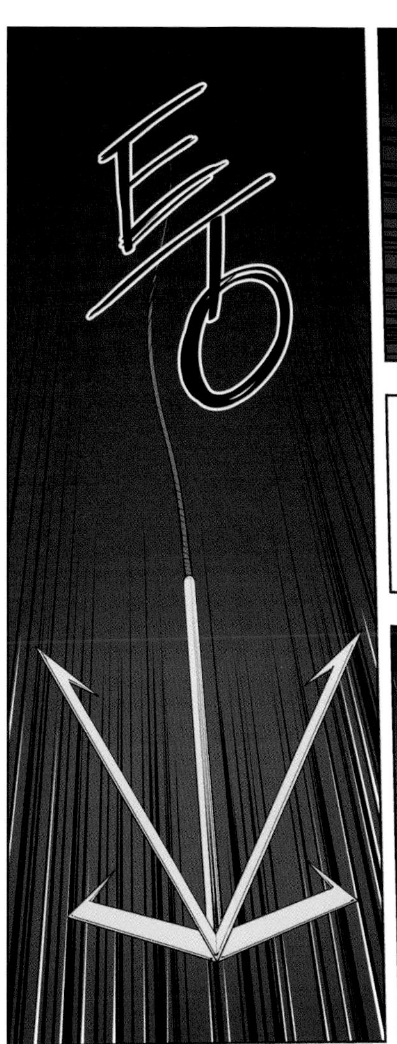

퍼억

!

쿠당탕
으아악!

으아아아!
제기라알!
살려줘어~!!

철컥
!?

아, 안 돼!
자, 잘못
했습니다!
제발
살려
주세요!
제발!

제발!

타타당
질끈

저벅
저벅

괜찮으십니까?
흠칫

그땐 그냥 지나쳐서
정말 미안했습니다.
어디 다친 덴 없나요?

제가 집까지
모셔다드리겠습니다.

일어나시…!
탁
날
만지지 마!

?

다, 당신은
영웅이
아니야…

당신은 괴물이야.
저들과 똑같은
괴물일 뿐이라고…

아냐!
절대 아니야!
내가 괴물일 리가
없어…

!
헉
헉
헉

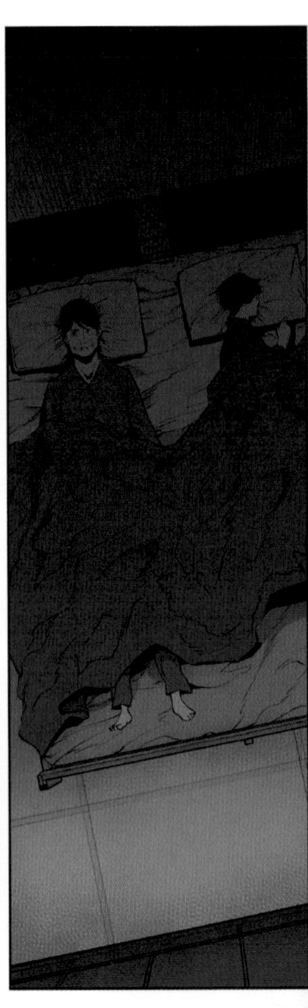

후우

또 악몽 꿨어요?

요즘 계속
악몽이네.
응.

당신 그거 외상 후
스트레스 장애 아니에요?
오늘 출근하기 전에
정신과 상담 한번
받아보세요.

하루 이틀도 아니고
만날 비명을
질러대니… 쯧쯧.

…

째깍
째깍

대한민국대표방송 SKBC

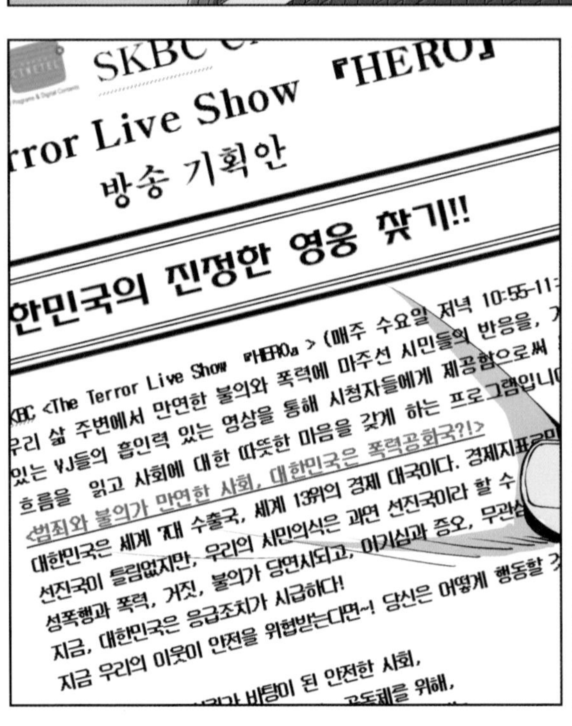
SKBC
rror Live Show 『HERO』
방송 기획안
한민국의 진정한 영웅 찾기!!
KBC <The Terror Live Show 『HERO』> (매주 수요일 저녁 10:55-11:
우리 삶 주변에서 만연한 불의와 폭력에 마주선 시민들의 반응을,
있는 VJ들의 흡인력 있는 영상을 통해 시청자들에게 제공함으로써
흐름을 읽고 사회에 대한 따뜻한 마음을 갖게 하는 프로그램입니다
<범죄와 불의가 만연한 사회, 대한민국은 폭력공화국?!>
대한민국은 세계 7대 수출국, 세계 13위의 경제 대국이다. 경제지표
선진국이 틀림없지만, 우리의 시민의식은 과연 선진국이라 할 수
성폭행과 폭력, 거짓, 불의가 당연시되고, 이기심과 증오, 무관심
지금, 대한민국은 응급조치가 시급하다!
지금 우리의 이웃이 안전을 위협받는다면~! 당신은 어떻게 행동할 것
지금 우리의 이웃이 안전한 사회,
바탕이 된 안전한 사회,
공동체를 위해,

어이,
박 PD.

간만이네, 잘 지내나?
아, 안녕하세요. 국장님. 덕분에 잘 지내고 있습니다. 헤헤.

박 PD, 요즘 뭐 기획 중이지?
네. 저. 그게… 몰카 형식의 시사 예능 프로그램입니다만.

몰카? 거 한물가지 않았나?

뭐, 그래도 포맷만 잘 꾸미면 나쁘지 않을 것 같아서요…

차라리 저번에
내가 얘기한 거
해보지그래?

네? 어떤?
쳐억

후웁

을사오적
드라마 말이야.
요즘 잘나가는
남자 아이돌들,
을사오적으로 캐스팅해서
드라마 제작하면
반응 괜찮을 거 같은데, 어때?
제작비는 걱정 안 해도 돼.

그, 글쎄요.
치, 친일파 미화는
제 양심이 허락하지 않아서…
죄송합니다. 국장님.

양심?
이 친구가
아직 배가 덜
배고프구먼.

자네가 지금 찬밥 더운밥 가릴 때야? 양심이 밥 먹여주냐고.

방송국에서 진리는 양심이나 정의 따위가 아니라 시청률이야.
이봐. 막장 드라마가 왜 시청률이 높겠어? 응?

역사 왜곡? 드라만데 좀 하면 어때?
욕 좀 먹더라도 시청률 높은 게 장땡이지. 안 그래?

뭐, 안 하는 건 자유지만 이번에도 시청률 안 나오면 나도 더 이상 봐줄 수가 없어.
치이아

바로 이거야. 모가지.
이번엔 좀 제대로 만들라고. 알았지?
예… 알겠습니다. 국장님.

자, 대박!
파이팅!

예. 대, 대박…!
파이팅…

꾸벅
그 나이 먹도록
양심 운운하는 거
보니까 깝깝하다.
깝깝해.

따르릉 따르릉

친절히 모시겠습니다.
서울청 강력계
이덕우입니다.
무엇을 도와드릴까요?
타닥
타닥

거기 짭새들
서울본부 맞지…?
?

예?
지금 뭐라고…
하셨습니까?

권력의 사냥개인
견찰들에게 경고한다.

앞으로
한 시간 후

서울경찰청 건물을
폭파시키겠다.

!
다시 한 번
경고한다…

앞으로 한 시간 후
권력의 개들 소굴인
서울지방경찰청
건물을 폭파시키겠다.

이건 장난전화가
아니다. 진심이다.

협. 박. 전. 화.
요.
유전무죄 무전유죄.

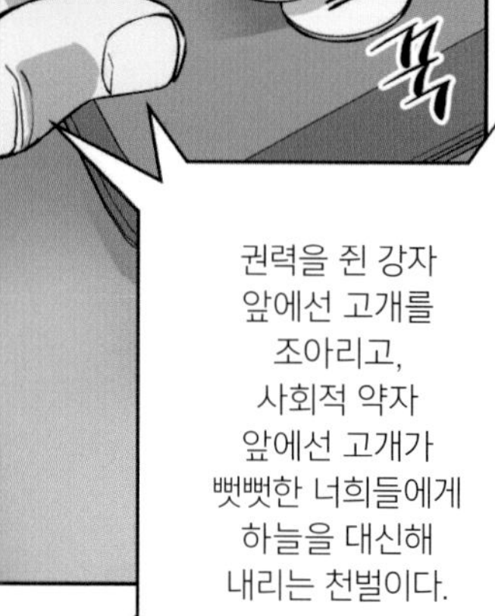
꾹
권력을 쥔 강자
앞에선 고개를
조아리고,
사회적 약자
앞에선 고개가
뻣뻣한 너희들에게
하늘을 대신해
내리는 천벌이다.

난 분명히
경고했다.
재빠르게
도망쳐서
목숨을
부지하도록.
크크.

4권에서 계속

프릭 3

초판 1쇄 인쇄 2018년 9월 7일
초판 1쇄 발행 2018년 9월 20일

지은이 신진우 홍순식
펴낸이 김문식 최민석
편집 강전훈 이수민 김현진
디자인 손현주
편집디자인 홍순식 김대환
펴낸곳 (주)해피북스투유
출판등록 2016년 12월 12일 제2016-000343호
주소 서울시 마포구 독막로 178-1, 5층 (구수동)
전화 02)336-1203
팩스 02)336-1209

ISBN 979-11-88200-37-5 (04810)
979-11-88200-34-4 (세트)

- 뒹굴은 (주)해피북스투유의 만화 브랜드입니다.